폭죽무덤

김엄지

ARTIST
DARIA SONG

현대문학 　✕　 아티스트
송지혜

〈현대문학 핀 시리즈〉는 아티스트의 영혼이 깃든 표지 작업과 함께 하나의 특별한 예술작품으로 재구성된 독창적인 소설선, 즉 예술 선집이 되었다. 각 소설이 그 작품마다의 독특한 향기와 그윽한 예술적 매혹을 갖게 된 것은 바로 소설과 예술, 이 두 세계의 만남이 이루어 낸 영혼의 조화로움 때문일 것이다.

송지혜　1985년 서울 출생. 이화여대 섬유예술과와 동 대학원 졸업. 경기도미술관, 슈페리어갤러리, 롯데갤러리, 박영덕화랑, 에스플러스갤러리, 가나아트 에디션 등 국내외에서 수차례 전시. 컬러링북 『시간의 정원』(2014, 북라이프), 『시간의 방』(2015, 북라이프) 시리즈 미국, 영국, 프랑스, 일본 등 26개국에 판권 수출. 국내 단행본 사상 최고 금액으로 북미 판권 수출. 한국, 미국, 영국, 대만 베스트셀러. 2015년 미국 아마존 〈올해의 작가〉 선정.

Cabinet of Curiosities, 2019, Ink drawing on cotton paper, 47x48cm

폭죽무덤

김엄지

소설

PIN

023

차례

PIN

023

폭죽무덤

김엄지

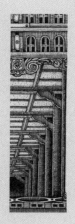

1

벽대여. 그렇게 적힌 명함을 받았다.

나에게 명함을 준 남자는 내 앞을 걷고 있었다. 남자와 나는 호프집에서 나와 줄곧 한 방향으로만 걸었다. 골목과 골목, 육교와 주유소를 지나는 동안 남자의 머리 위에 계속 달이 있었다.

추워서 움츠러들었다. 내 외투는 너무나 얇고. 언제부터 이렇게 얇았을까.

내 앞을 걷는 남자는 무릎까지 오는 갈색 모직 코트를 입고 있었는데, 나보다는 20센티는 큰 키에 덩치도 있고 보폭이 컸다.

벽은 어디에 있습니까? 나는 앞서 걷는 남자의

뒤에서 말했다.

남자는 더 걸어야 한다고 했다.

걸으며 남자의 뒷모습과, 달, 바닥, 내 발등을 보았다.

꽤 넓은 공터가 나오고, 운동장 같았지만 조회대는 보이지 않았다.

내가 빌리고자 한 벽은 5미터 높이의 벽돌 벽으로 공터에서라면 한눈에 보일 텐데…….

걸을수록 모랫바닥인 공터는 점점 더 넓어지고, 점점 더 남자와 나뿐이었다.

근처에 고속도로가 있던가. 바람 소리가 들렸다.

이렇게까지 걷고도 내가 대여하기로 한 벽은 나타나질 않고.

멀리 온 것 같은데.

그런데 왜 저 남자는 발자국을 남기지 않고 걷는가.

벽은 어디에 있느냐고, 앞서 걷는 남자의 뒷덜미를 잡았다.

남자가 걸음을 멈추고 나를 향해 뒤돌아섰다.

남자의 입이 찢어지고 또 혀가 죽 나와 넥타이처럼 가슴팍에서 덜렁거렸다.

눈은 어떠한가, 눈빛이 어떠한가. 그건 잘 보이질 않았다.

그 남자는 재미로 벽을 만들고 벽을 관리하고 벽을 대여한다고 했다.

재미로. 재미가 별것 아니니까.

나는 창가 자리에서 맥주를 마시다가 명함을 건네받았다.

내가 왜 그 남자의 타깃이 됐는지는 모르겠다.

시간당 5만 원이라는 말에 끌렸던 것인지.

벽을 부숴도 좋다는 말에 끌렸던 것인지.

남자가 내민 계약서라는 것에 내 이름을 쓰고 지장을 찍었다.

일단 나는 내가 빌릴 그 벽을 훼손시킬 궁리를 했다. 스트레스를 풀고 싶고.

스트레스가 풀릴까. 벽을 부수다 내 몸이 부서져. 그러면 풀릴까.

해머 같은 게 필요하지 않을까.

벽을 가장 괴롭힐 수 있는 방법. 뭘까, 뭐가 필요할까.

벽을 가장 사랑하는 방법, 그건 도무지 모르겠으니.

나는 도무지, 라는 말을 쓸 때마다 고개를 천천히 젓고.

왜 그런 제스처가 필요할까.

여자를 데려가도 됩니까? 벽을 대여한다는 남자에게 물었다.

벽 앞에서 누구와 무얼 하든 상관없다고 했다.

시간을 지킬 것, 그것만이 조건이었다.

게임 같은 건가요?

게임은 아니라고 했다.

말 그대로 잠시 빌리시는 거죠.

남자의 얼굴이 친절해 보이기도 했는데.

2

그런 꿈은 반복적이지 않았다.

잠들 때마다 꿈을 꾸는 것은 아니었다.

반복되는 것은 새벽에 깨는 것과 한기였다.

나는 벽에 바짝 붙은 채 잠에서 깨어났다.

벽이 차갑기도 뜨겁기도 한 것은 다 내 책임이
겠지.

눈앞이 캄캄했다. 바람에 창이 흔들리는 소리
를 들으며 누워 있었다.

모텔에서 가장 더러운 건 컵이고, 베개이고, 이
불이고, 의자이고, 가운이고, 수건이고, 욕조이고,
샤워기이고, 바닥이고 벽이다.

나는 갑자기 께름칙해서 몸을 일으켰다.

나는 왜 혼자일까. 어제 입실할 때는 여자와 함
께였는데.

같이 들어왔으면 같이 나가야지.

3

여유 되면 나와.

여유 없어.

카페 구석에 앉아 여자에게 메시지를 보냈다.

여자는 여유가 없다고 했다.

나는 앉은 자리에서 천천히 샌드위치와 커피를
다 먹고 난 다음, 이대로는 돌아가고 싶지 않다고
생각했다.

이 카페는 여자의 집과 5분 거리이고.

여자가 외출을 한다면 언젠가 이 카페를 지나
칠 수 있었다.

나는 그런 주접스런 생각을 하면서 카페의 통
유리창을 내다보았다.

밖은 곧 어두워질 것 같았다. 눈도 비도 오지
않았다.

옆 테이블에 세 남자가 자리를 잡고 앉아 떠들
기 시작했다.

내 앞의 빈 커피 잔과 샌드위치의 비닐 포장지
를 바라보며 그 셋이 하는 말을 들었다.

서로 이용하자는 게 아니고, 서로 버팀목이 되
어주자고. 고민이 길어지는 건 안 좋아. 고민이 고
민을 물고 와. 나는 지금 내 왼팔을 찾으러 왔어,
왜 왼팔이냐. 오른팔은 얘거든. 대가리만 커서 내
말 안 듣는 사람 싫어. 너 지금은 두려움이 크겠
지. 안 가본 길은 두렵지. 어떤 훈련을 받는지 모
르니까. 몇 시에 뭘 해야 하는지도. 난 말이야, 한
번 사는 거 멋있게 살고 싶어. 우리 엄마한테 20,
50만 원이 아니라 200만 원씩 주고 싶어. 지금 우
리가 젊었을 때는 모든 게 경험으로 쌓여. 빌어먹

더라도 경험이 될 거야. 같이 빌어먹자는 건 아니야. 넌 반드시 성공할 거야. 내가 그 길을 터줄 거니까. 넌 2년도 안 걸릴 거 같은데. 그런데 그 2년이 쉬울 거 같아? 분명히 힘들 거야. 마음의 상처도 많이 받을 거고 몸은 몸대로 축나겠지. 분명히 힘들 거야 왜? 내가 존나게 힘들었거든. 1, 2년 지나면 우리 스물아홉 서른이야. 그때는 네 연봉이 1억이 넘게 될 거야. 나는 학교 다니면서 일 시작했어. 차는 9월에 샀고. 학교 다니면서 월 540 벌었어. 그때 내가 두 가지를 느꼈어. 첫째, 아 시발 내가 540 받아도 되나. 내가 그 정도 받아도 되나. 내가 다 쏟아붓진 않았는데 받아도 되나. 두 번째, 자신감이 생겼어. 10억이든 20억이든 30억이든 자신 있어. 못해도 4년 안에. 내 관리자들하고 나는 지금 건물 올릴 준비를 하고 있어. 난 너하고 그 꿈을 이어가고 싶어. 똑같이 스물일곱에 일을 시작한 사람이 있는데, 그 사람은 7년 만에 건물을 올렸어. 그 사람이 나를 인정했어. 나는 7년 걸리지 않을 자신 있어. 적어도 4년 안에. 본부장 알지? 본부장은 편파적이야. 나한테 유난히 관대하잖아. 다른 직원들한테 헬스장 가자고 해? 안 해.

셋 중 하나가 계속 떠들었다.
셋 중 둘은 콜센터 직원이었다.
셋 중 하나는 아직 학생이었다.
셋 중 하나가, 하나를 적극적으로 영입하려는 것 같았는데.

콜센터 우습게 생각하지 마. 콜센터 별거 아닌 것 같지? 콜센터도 콜센터 나름이야. 여긴 달라. 못 들어와서 안달이야. 너니까 내가.

셋은 고등학교 동창이라고.
동창이 동창을 왼팔, 오른팔 삼고.
동창이 동창의 몸통이 되어준다.
머리는 어디에 있나.
저 셋 중에 머리는 없는 것 같다고, 나는 생각했다.
머리 없는 셋, 거기까지 생각하자 허기가 졌다.
뭘 먹으면 좋을까.

여자에게 뭘 같이 먹자고 메시지를 보내볼까, 고민하다가 그러지 않았다.

나는 뭘 먹으면 좋을지 정하지 않은 채 카페에서 나왔다.

걸었다.

무엇도 내리지는 않았는데, 바닥이 얇게 얼어 있었다.

거리에 어지럼센터라는 간판이 새롭게 생겨난 것을 보았다.

다 죽어. 걷다가 파출소 외벽 앞에 서서 갈겨진 낙서를 보았다. 다 죽어는 붉은색으로 쓰여 있었다.

저렇게까지 했어야 했을까. 나는 벽 앞에 서서 생각했다.

더할 수도 있었겠지. 나는 다 죽어보다 더한 것을 생각했다. 허기져서 그런지, 추워서 그런지 생각이 잘 안 됐다.

너무 배고프고 추우면 머리가 멈출 수 있고.

나는 5번 출구 앞 국밥집으로 들어갔다.

들어서자마자 훈훈한 습기와 함께 고기 누린내를 맡았다. 아무 데나 앉아 곧바로 순댓국밥을 주문했다.

옆 테이블의 한 남자가 막 식사를 시작하려는 듯 뚝배기 안에 새우젓을 잔뜩 넣었다. 그리고 곧 너무 짜다며, 주인에게 육수를 조금만 더 부어달라 했다. 너무 짜서 육수를 조금만. 그 남자는 그걸 반복했다. 마침내 빈 뚝배기에 남자는 또 새우젓을 넣었다. 뚝배기에 새우젓만 덩그러니 있었다. 주인은 말없이 그 남자의 뚝배기에 육수를 부었다. 국물을 얼마나 마셔야 직성이 풀리려는지. 남자는 소주를 한 병 추가했다.

내 테이블에 순댓국밥이 오르고, 나는 내 그릇을 내려다보며 수저로 휘휘 저었다.

너 몇 살이나 됐어? 내 옆 테이블의 남자가 내게 물었다.

몇 살이냐고, 한 번 더 남자가 물었다.

대답해야 하는지 망설이다가 대답했다.

20

받아. 남자가 빈 소주잔을 내게 건네었다.

괜찮습니다. 나는 거절했다.

진짜 괜찮아? 남자가 물었다.

진짜 괜찮아요. 나는 대답했다.

사람이 하는 일은 이제 기계가 하고.

사람들은 기계를 관리하게 될 것이다.

기계 관리직이 직업군의 대부분을 차지할 것이다.

저 남자는 아무 말이나 지껄이는 것 같은데 맞는 말 같기도 하고.

스위스 지하 입자가속기에서 입자가 부딪쳐, 알지? 얼마나 흥미로워. 어? 그래 안 그래? 남자가 내 쪽에 대고 계속 말했다. 알 수 없는 말을 하기도 했고, 진지하게 미래에 대해 이야기하기도 했다. 나는 국밥을 먹는 내내 남자가 거슬렸다. 나는 고개를 천천히 저으며 도저히, 도저히, 되뇌었다.

너 왜 고개를 흔들어? 혼잣말하던 남자가 내게

소리치듯이 말했다.

아닙니다. 나는 아니라고 대답했다. 뭐가 아니라는 건지.

오픈된 주방에 큰 솥이 보였다. 큰 솥에서 돼지 부속물이 끊임없이 꺼내어졌다. 펄펄 김이 오르고, 도저히, 고개 젓지는 않아야 한다고 생각했다.

옆 테이블 남자가 건네는 소주를 결국 네 잔 마셨다. 그 남자는 내가 계산을 마치고 나올 때까지 계속 마시고 있었다. 내 등 뒤에서 남자가 뭐라고 소리치는 것 같았는데, 알아들을 수 없었다.

개업을 한 어지럼센터 앞에 화환과 화분이 길게 진열되어 있었다.

어지럼센터가 뭐 하는 곳일지.

나는 그 앞을 좀 서성였다. 궁금하기도 하고. 시간도 많으니.

겨울이라는 계절은 사람을 유난히 서성이게 해.

너무 추운 사람들은 걷기를 멈출 수 없겠지만.

어지럼센터 유리 밖에 선 채로 안을 들여다보

왔다. 나는 안으로 들어가지는 않았는데 안에 있던 한 남자가 밖으로 나와 내게도 팸플릿을 쥐여주었다.

감사합니다. 나는 그 팸플릿이 꼭 필요했던 사람처럼 고개 숙여 인사를 했다.

인사를 하기 위해 허리를 숙이는 동안 국밥집에서 먹은 소주 알코올 기운이 안면에 훅 하고 올라왔다. 토할 것 같은데 참아야지.

천변으로 내려가 물을 좀 보고 싶었다.

여자를 부를까.

여자가 나올까.

밤이지만 아주 늦은 시간은 아니었다.

여유 있니? 걸을래? 나는 여자에게 메시지를 보냈다.

이 근처에 있을게 언제든 나와. 나는 또 메시지를 보냈다.

천변으로 가는 지름길이 떠오르지 않았다.

여자의 집을 알고는 있지만 거기를 향해 걷지

는 않았다.

발목이 시렸다. 이제 정말 한겨울이 되었다, 생각했다.

드라이클리닝을 거듭할수록 얇아지는 외투를 걸치고 걸었다.

한 손에 어지럼센터에서 받은 팸플릿을 말아 쥐고 있었다.

천변에 물은 흐르지 않았다. 나는 움직이는 물을 보고 싶었던 것인데.

언제 이렇게 다 얼었는지. 언 물을 보고 있자니 얼마나 단단할지 궁금했다. 행여 발이 빠진다 해도 다시 나올 수 있을 테니. 이상한 모험심이 들었다. 나는 잠깐 올라서보기로 했다.

밟고 올라서자마자 발바닥에 우지끈함이 느껴졌다. 깨지지는 않았다.

이왕 물 위에 올라서봤으니, 그 위를 아주 걷는 것은 어떨까 싶었다. 물이 충분히 얼지 않은 것 같았지만. 나는 해결하고 싶었다. 순간의 충동, 설명되지 않는 고집, 하잘것없는 마음을. 충분히 지루해질 때까지 물 위를 걷고 싶었다. 나는 좀 지루할 필요가 있었다. 더 느리게. 더 늘어지고 싶었다.

　나는 언 물 위를 걷고 있었고, 천변 산책로에서 혼자 걷는 흰 개를 보았다.
　이렇게 추운데 개는 왜 혼자일까.
　눈인지 작은 우박인지, 떨어지기 시작했다.
　이마, 콧잔등, 눈썹에도 떨어졌다. 맞을 때마다 따가웠다.
　여자에게서는 답장이 없었다.
　물 위를 좀 걷자 내가 이곳에서 할 수 있는 일을 다 한 것 같았다.
　나는 천변에서 벗어나야겠다고 생각했다. 언 물 위에서 내려왔다.
　큰 돌 몇 개를 디뎠다.
　빠르게 천변에서 벗어났다.
　오르막을 오르고 사거리에서 길을 건넜다.
　불 꺼진 주유소와 경찰서 외벽의 다 죽어를 지났다.

다시 어지럼센터 앞까지 왔을 때, 고개 들어 이
정표를 보았다.

"장미로 100번길"

장미도 100번도 너무 특별하고. 장미도 100번
도 이 세상엔 너무 흔하고.

흰 개가 장미로 100번길을 혼자 걷는 것을 보
았다.

개의 걸음이 가볍고 빨랐다.

그 흰 개는 은색 목줄을 질질 끌고 갔다.

쇠줄이 바닥을 긁는 소리와 바람 소리를 들으
면서 걸었다.

4

　큰 창을 마주한 1인석 테이블에 자리를 잡고
앉았다. 호프집 조명은 천장에 매립된 작은 것들
이었다. 점처럼 작은 조명이 불규칙하게 흩뿌려
진 것 같았다.

　나는 마주한 창밖을 내다보았다.

　밖이 더 단순하기를 원했다. 그러나 가로등은
많은 것들을 비추었다. 가로등 아래에서 눈이 떨
어지고 눈이 녹았다. 쌓이지는 않는 눈과 질척거
리는 걸음들.

　생맥주 한 잔과 감자칩을 주문했다.

　먼저 나온 생맥주를 들이켜고 춥다고 생각했다.

맥주를 마실수록 한기가 느껴져 움츠러들었다.

갈비뼈가 조여지는 추위. 추위도 나쁘지 않지.

벽난로는 나에게서 멀고. 나와 가장 가까운 것은 잘 닦인 유리창이었다.

내 가까이 어디선가 찬 바람이 들어오고 있었다. 분명히. 나는 두리번거렸다. 내 시야에 흰 명함이 들어왔다. 벽대여, 라고 쓰여 있었다. 나는 집어 들고 더 살펴봤다. 종이의 매끈한 질감이 좋았다. 명함을 뒤집으니 번호가 나열되어 있었고 그게 다였다.

그래 요즘은 별의별 것을 다 대여하니까.

그런데 그래서 뭐 어쩌라는 걸까.

내게 명함을 건넨 남자가 내 얼굴을 들여다보고 있었다.

내가 그 남자의 시선을 피할 이유는 없었다.

나는 남자와 눈을 맞추고 앉아 있었다.

저 코와 저 머리칼, 그리고 저 눈썹.

남자의 얼굴이 낯익었다.

옆 테이블의 국밥을 먹던 남자였는지, 콜센터 직원이었는지, 어지럼센터에서 내게 팸플릿을 건

네고 악수를 나눈 남자였는지. 모두의 얼굴인가. 낯이 익고 수상한.

이 장면은 익숙해. 언젠가 저 남자와 함께 넓은 공터를 걸었다. 나는 내게 명함을 건네는 남자를 알아보았다. 저 남자와 걸었던 모랫바닥이 얇게 얼어 있었다. 끝없이 모래뿐이었는데 운동장이었을까?

5

운동장인가요? 벽은 어디에 있습니까?

내가 묻고 남자는 대답하지 않는다.

저 남자는 수상함을 숨기지 않는다.

저 남자는 분명 혀가 길 것이다. 넥타이처럼.

혀를 확인하면 되겠군.

혀 좀 봅시다.

나는 남자를 세우고 혀를 내밀라 한다.

남자는 천천히 혀를 내민다.

내 혀와 그 남자 혀가 별반 다르지 않다고 생각
한다.

축축하고 죽은 혀처럼 색은 좋지 않고.

나는 남자를 따라 걸으며 바람 소리를 듣는다.

이건 바람 소리가 아니라 파도 소리라는 것을 깨닫게 된다.

사방을 둘러본다. 모래의 끝에서 긴 파도를 발견한다. 해변이라는 것을 알게 된다.

이 밤에 여기까지 나를 왜 데려온 겁니까? 내가 앞서 걷는 남자에게 소리를 친다.

남자는 대답하지 않는다.

남자가 나를 데려온 것인가? 잘 모르겠다.

내가 남자를 데려온 것인가? 그럴 수 있다.

나는 어두운 가운데 모랫바닥에 앉아 있는 나와 여자를 발견한다.

내가 걷던 걸음을 멈추자 앞을 걷던 남자가 걸음을 멈추고 선다.

나는 나와 여자를 지켜본다.

이 추운 모래 위에서 여자는 반쯤 벗었다. 나는 완전히 벗었다.

여자의 기분에 대해서는 잘 모르겠다.

파도 앞에 앉은 내 기분에 대해서도, 잘 모르겠다.

여자와 내가 서로 바라보며 뭐라 이야기를 나
누고.

6

모래에서는 처음 해봐.

난 처음은 아니야. 그런데 겨울 바다에서는 처
음이야.

들을 자는 준비가 되어 있지 않지만 고백하기
로 마음먹은 자는 거침이 없다.

너 나한테 뭘 줄 수 있어? 여자가 내게 물었다.

배꼽까지 줄게. 내가 대답했다.

배꼽은 필요 없는데. 여자가 말했다.

그럼 넌 뭐가 필요한데? 내가 다시 물었다.

여자는 대답하지 않았다.

후회해?
후회하지.

피곤해?
피곤해.

나쁜 생각을 많이 해서 벌을 받은 것 같다.
무슨 소리야. 생각은 벌이 될 수 없어.
아니. 생각이 곧 벌이야.
그렇다고 치자.

무슨 색 제일 좋아해?
초록색. 너는?
나는 회색.
세상에 회색을 좋아하다니.

여자와 나는 서로의 취향을 의아해하고.
여자와 나는 미래에 대해 이야기하기도 했다.

서쪽으로 가면 소원을 들어주는 바위가 있대.

가서 빌자.

빌 소원이 있어?

있지. 많지.

그래. 가자.

여자와 나는 미래에 대해서 이야기하고 있었는데.

여자와 나는 그만 할 말을 잃기도 했다.

여자와 내 주위의 공기가 더 차가워졌고 계속해가 뜨지 않았다.

여자와 나는 불현듯 떠오른 것들을 또 갑자기 말하고.

누가 무슨 말을 하는지, 누가 뭘 듣는지, 그건 중요하지 않으니.

되는대로 듣고 되는대로 말했다.

여자와 나는 모랫바닥에서 일어났다.

여자와 나는 내용 없이 서서 쓰러지지는 않았다.

어디까지 걸을 수 있을까.

많이 걷지는 말자.

여자와 나는 걷다가 불이 켜진 모텔을 보았다.

거기로 들어갔다.

선풍기가 있는 모텔은 오랜만이야.

여자가 선풍기 앞에 주저앉았다. 나는 그 옆에
앉았다.

한겨울에 선풍기가 왜 있지.

왜.

여자와 나는 침대에 누웠다.

더하기 빼기 곱하기 나누기 중에. 너는 뭐가 제
일 어려워?

빼기. 너는?

나는, 나누기.

나누기도 일종의 빼기지.

빼기가 일종의 나누기지.

우리 사이에 뭔가 빼야 한다면 뭘 뺄래?

부담감.

여자와 나는 부담 없는 사이가 되기로 했다.

부담감이 사라졌기 때문이었는지 섹스가 잘됐다.

섹스가 잘됐다는 건 뭘까?

그럼 다시.

부담감이 사라졌기 때문이었는지 섹스가 순조로웠다.

순조로웠다는 건 뭘까?

아무래도 모호해. 다시.

부담감이 사라져 날개 뼈의 담이 사라졌다. 그래서 섹스가 순조롭게 잘됐다.

순항 중인 섹스 타임. 요트를 떠올린다.

밤 파도 위에 작은 요트에서 빛이 새어 나온다.

지금 산보다 큰 파도가 바다 어딘가 솟아 있고.

지금 모든 파도가 부서지고.

이미지에 지배된 사람은 미쳐 살기 십상이라고. 여자가 말했다.

제발 미치고 싶다. 내가 웃으며 말했다.

여자는 내 웃는 얼굴이 징그럽다며 인상을 썼다.

그러한가. 나는 거울을 보고 웃어봤다.

내가 징그러워서 거울이 깨져버릴 것 같았다.

7

모텔 방에 왜 나는 혼자인가.

같이 들어왔으면 같이 나가야지.

잠에서 깬 나는 그 여자 이미지가 떠오르지 않
았다.

너 내가 마음에 드니? 귀에 속삭이던 게 제일
생생했다.

마음에 들어.

그 여자는 벽을 보고 누워 있었다.

나는 그 여자 등을 보고 누워 있었다.

벽과 나 사이에 여자가 있었다. 잠에서 깨어나
니 여자가 없고.

나는 벽에 바짝 붙어 모로 누워 있었다.

눈앞이 계속 캄캄했다. 바람에 창이 흔들리는 소리가 들렸다.

벽 배 배꼽 순서대로, 춥다고 생각했다.

창밖에서 파도 소리가 들려왔다.

8

유독 성욕이 많은 혈액형.

유독 성욕이 많은 별자리.

성욕이 흘러넘치는 계절이 따로 있나.

지금은 낮이고. 지금은 곤란할 정도는 아니다.

나는 걷고 있었고 유리문은 언제까지나 유리
문, 닫혀 멈춰 있었다.

너무 깨끗한 유리였기 때문에 부딪힌 것이다.
결론을 내리자 코피가 죽 흘렀다. 눈썹 뼈가 가장
아팠다. 멍이 든다면 이유를 물어올 것이다. 오늘
은 찾아가지 않는 게 나을 듯했다.

못 갈 것 같습니다. 전화를 걸었다.

다음 주말은 어떠세요? 오셔서 오해를 풀 필요가 있겠어요.

다음 주말은 쉴 예정입니다. 그리고 오해가 아닙니다. 저는 좋은 아들이 아닙니다.

선생님은 충분히 좋으신 분이세요. 좋은 자녀분들만이 저희에게 부모님 맡기십니다.

그런 대화를 하는 중에도 코에서 피가 흘렀다. 고개를 숙이고 길바닥으로 떨어뜨렸다.

종이접기 시간을 좋아하세요. 수화기 너머 요양원 직원은 이런저런 어머니의 생활을 내게 전했다.

나는 네, 하고 끊었다.

요양원은 내가 사는 곳과 한 시간 거리의 소도시에 위치해 있었다.

여동생과 나는 격주로 엄마에게 찾아가기로 했었고, 오늘은 내 차례가 된 날이었다.

내 차례를 지켰어야 했는데 부딪혔고.

각자 열심히 엄마에게 잘하자는 것이 여동생과 나의 다짐이었다.

잘하자는 것에 대해 더 구체적으로 다짐했어야 했다.

이제는 잘하자는 것이 어떤 것인지 잘 모르겠다.

어쩌다 그렇게 됐어요? 택시 조수석에 오르자 기사가 내게 물었다. 부어오른 내 콧잔등을 보고 하는 말 같았다.

조심해야 해요. 나도 얼마 전에 재수가 없어서 개를 치었는데. 택시 기사는 자신의 사고 경험담을 이야기하기 시작했다.

큰 개였어요. 덜컹했는데 기분이 더럽더라고요. 갓길에 차를 세우고, 개를 확인하고, 죽음을 확인하고, 확실한 것이었으며, 갓길로 개를 끌고 오기 위해 감당해야 했던 위험, 무거움, 질질 끌림, 질척거림을 설명했다.

피가 뜨끈뜨끈했는데. 하필 내가 왜 그런 일을 당했는지 원. 그런 날이 있어요. 뭘 잘못했는지도 모르게 일이 벌어지지요. 택시 기사가 혀를 차고,

연극을 하는 사람처럼 고개를 흔들었다.

히터 바람이 내 얼굴 바로 앞으로 불어왔다. 유리문에 부딪힌 코가 욱신거렸다.

기사는 계속 말했다.

재수가 없어서 90 넘은 노인네를 친 적도 있어요. 정신 나간 노인네, 8차선 도로를 휘적휘적 걸어서 건너다가 이 차에 치인 거예요. 내가 세게 친 것도 아니야. 미러에 살짝 팔만 부딪혔는데 툭 쓰러지더니 죽은 겁니다. 내가 얼마나 어이가 없었겠어요. 장례식장에 찾아가니 자식들이 사과를 하더군요, 나한테. 무단 횡단은 범죄예요. 이 명함이 내가 그때 받은 명함입니다. 기사는 내 얼굴 아래에 명함을 불쑥 내밀었다.

명함에 새겨진 이름은 김으로 시작해서 민으로 끝났다.

그래도 노인네가 가는 길에 보험금으로 자식 셋한테 천만 원씩 남겨주고 갔다더라고요. 어찌 보면 다 내 덕이지요. 요즘 어느 노부모가 현금으

로 천만 원씩 남겨주고 간답니까, 그런 경우 드뭅
니다.

그런. 어떤. 드문. 경우.

어떤 경우에 나는 정말 아무렇지 않았다. 유리
에 부딪히거나 유리를 산산조각 낼 때에도 기분
없이, 그럴 수 있었다.

택시 기사는 한순간도 멈추지 않고 말했다.

나는 기사의 옆얼굴을 한번 슥 쳐다보았다.

저 눈, 코, 입을 뭐라 할 수 있을까. 난리가 난
사람 같았다.

저기서 세워주시면 됩니다. 나는 육교 아래에
서 내렸다.

걷고 싶었다.

걷다가 무얼 먹거나 마시거나.

좀 쉬고 싶었다.

한 일이라고는 부딪힌 것뿐이었는데 피곤했다.

순서는 중요하다.

하지만 중요한 것은 순서뿐만이 아니다.

중요한 것은 네가 무슨 생각을 가지고 사느냐. 네 뇌의 주인이 정말 네가 맞느냐, 하는 것이다. 아들아, 넌 정말 네 머리의 주인이 맞니? 엄마는 내게 종종 나의 주인을 묻고는 했다.

눈앞에 보이는 카페로 들어갔다.

카페 여직원은 젖은 대걸레로 바닥을 문지르고 있었다.

나는 커피를 주문한 다음 화장실로 들어갔다.

세면대 앞에 서서 찬물로 입안을 헹구고 마른 코피 자국을 닦았다. 윗입술 어딘가가 찢어졌는지 물이 닿자 쓰라렸다. 거울 앞에서 이를 드러내 보였다. 혹시 앞니에 금은 가지 않았는지 확인했다. 아프기는 눈썹 뼈가 가장 아팠는데 눈썹 뼈는 괜찮아 보였다. 콧잔등만 크게 부어 있었다. 요양원에 가지 않은 것은 잘한 일이었다. 엄마는 걱정이 많으시니. 유리문에 부딪혔다는 해명을 듣고도 더 많은 상상을 하실 것이었다. 내가 하는 대

답은 대개 의심을 샀다. 내가 대답하는 어떤 사실
은 나조차도 믿기지 않는 것들이었다.

믿기지 않는 일들이, 믿기지 않는 속도로.

세수를 마치고 카페 홀로 나왔을 때 카페 여직
원은 여전히 바닥을 닦고 있는 중이었다. 나는 구
석 테이블에 자리를 잡았다. 직원이 대걸레를 앞
뒤로 움직일 때마다 숙인 등에서 날개 뼈가 솟아
오르고 또 내려가는 것이 보였다. 가장 잘 보이는
것은 여직원의 등이었다. 가장 보이지 않는 것은
얼굴이었다.

등과 얼굴 중에, 무엇이 더.

내가 무언가 놓치지 않았을까?
너는 다 놓쳤지.
어디선가 속삭이는 대화가 들려왔다.

요즘은 손발 다 잘려. 손발만 파도에 쓸려 와.
또 다른 대화가 들리기도 했다.

스럽다, 스러워.

대화는 끊겨 들리기도 했다.

어느 순간이 되자 카페의 누구도 말하지 않았
다. 여직원이 바닥 닦기를 멈추자 카페에는 물걸
레가 바닥을 지나가는 소리조차 나지 않았다.

음악이 흐르지 않는 카페는 처음인가.

내 머리 위에는 커다란 펜던트 등이 매달려 있
었고, 나는 테이블에 드리워지는 내 그림자를 내
려다보았다. 흔들리는 것 같았다. 무엇에 흔들리
는 것일까. 바람 없고 음악 없는 공간에서 그림자
가 흔들릴 수 있는 것인가. 흔들릴 수도 있었다.

벨 소리가 울렸다. 내 것이었다. 여동생에게서
걸려온 것이었다.

오늘 안 갔어?

응, 안 갔어.

왜?

몸이 안 좋아서.

몸이 갑자기?

어.

해야 될 일은 하면서 살아.

그래.

정말 대단해.

여동생은 나에게 대단하다고 말한 뒤에 먼저
전화를 끊었다.

9

여직원의 머리칼은 밝은 갈색이었다. 하나로 묶여 있었다. 머릿결에서 빛이 났던가. 그건 기억나지 않았다.

나는 샤워를 하면서 카페 여직원을 떠올렸다.

솟아오르고 내려가던 날개 뼈.

등과 얼굴 중에 무엇이 더.

희미한 이목구비.

이목구비는 상관없는 것인가. 상관이 있다 한들.

그리 중요하지 않은 생각만 떠올라.

해야만 하는 생각. 해야 될 일이란 무엇일까.

나는 샤워를 마친 다음 냉장고를 향해 걸었다.

책장에서 냉장고까지 가는 걸음을 세어보지는
않았다.

냉장고 문을 열고 거기에서 진공 포장된 곤약
을 한 팩 꺼내었다.

곤약 정가운데에 칼집을 내고 그 사이에 식용
유를 발랐다. 플라스틱 원형 접시에 기름 바른 곤
약을 담아 침대로 가져갔다.

방 불을 끄고 침대 가에 걸터앉았다.

어두운 가운데 곤약이 올려진 접시와 내 두 손
과 두 발, 두 다리, 이불이 구분되었다.

나는 침대 가장자리에 헐벗고 앉아 칼집을 낸
그 사이에 넣고 비빌 수 있을 정도가 되기를 기다
렸다. 방 안으로 찬 바람이 얇게 들어왔다. 바람
에서 비린내가 나기도 했다. 입안의 피가 아직 멈
추지 않은 것인지.

새벽이 되자 두 팔이 저려왔다.

지은 죄 없이 누워 있을 뿐이었는데 팔이 저려
오고.

지은 죄 없다, 이 생각은 내가 자주 하는 생각이었다.

창밖에서 자가용 도난방지 경보음이 울리고 깜빡이는 비상등이 방 안으로 비쳐 들었다.

방 안에서 바람이 방향을 바꾸어 가며 불었다.

새벽 네 시가 되었을 때 나는 누운 자리에서 일어나 방 불을 켰다.

책장 앞으로 가 아무것이나 집어 들어 아무 페이지나 펼쳤다.

59페이지부터 읽었다.

"사탄이 가장 많은 곳이 교회이듯이."

"신을 시험하는 일은 어렵지 않다. 속단하지 않고. 속단하지 않은 후에도 속단하지 않는 것. 계속해서 미룰 것."

"곧 죽을 사람에게는 섬유유연제, 생수, 바나나가 필요하지 않다."

"너의 감각 중 하나가 너를 속이고 있다면."

"구 형태의 거울을 상상해보자. 안으로 비춰지

는 거울. 어떤 틈도 없는 구의 안쪽. 빛 없는 거울
의 가능성에 대하여."

읽다 보니 지쳤다.
14분이 지나면 새벽 여섯 시가 될 것이었다.

10

그날 나는 엄마 왼쪽 날개 뼈에 붉은팥을 던지고 엄마는 악 소리를 냈다.

사방 벽과 바닥에서 팥이 튀고,

나 혼자 던지는 팥이 이렇게 사납게 튀어. 눈앞을 가렸다.

아프세요? 엎드려 누운 엄마의 등에 대고 말했다.

귀신이 들러붙었는데 안 아프겠니? 엄마는 내게 되물었다.

엄마는 팥으로 귀신을 쫓을 수 있다고 믿고 있었다.

그 순간에, 엄마의 등을 내려다보며 팥을 뿌리

는 동안에, 나도 뭔가 믿고 있었다. 어떤 광기를
믿고 있었다.

튀어 오르는 팥에 얼굴을 맞고.

얼굴을 맞는 순간에도 계속 던졌다.

팥만 뿌렸는데 해가 졌던 날이었다.

온 바닥이 팥으로 가득했다.

어지럽게 흩뿌려진 팥. 방 모서리마다 세워둔
초에서는 촛불이 이글거렸다. 향냄새가 벽과 바
닥, 천장, 커튼에 배어 있었다. 가늘게 올라오는
연기. 그걸 계속 보고 있자면.

엄마는 엎드려 누워 있던 자리에서 일어나 바
닥의 팥을 쓸어 모으기 시작했다.

저런 빗자루가 언제부터 이 집에 있었던가.

나는 더 이상 엄마의 집에 머물고 싶지 않았다.

저 이제 갈게요. 인사를 하고 밖으로 나왔다.

등 뒤에서 팥을 쓸어 담는 소리가 들리고. 그
소리는 너무 요란했다.

찬 바람이 불자 내가 입고 있는 면바지가 펄럭거렸다. 바지가 왜 이리 커진 것인지. 정강이가 시렸다.

머리칼에 온통 향냄새가 배어 있었다.

나는 걸으면서 이런 기분을 뭐라고 해야 하는 걸까, 생각했다.

이미지에 지배된 사람은 미쳐 살기 십상이라던데.

어디서 그런 말을 들었을까.

다른 방법은 없을지, 생각해보기도 했다.

언제까지 이렇게 팥을 뿌려야 하는지.

엄마에게. 나에게. 각자 최선의 다른 방법.

없다.

없고, 춥고 피곤했다.

엄마의 집에 다녀온 날이면 말할 수 없이 피곤했다.

보름쯤 지나 엄마에게 다시 연락이 왔다.

오금이 저리다. 이번에는 종아리부터 팥 좀 뿌려다오.

그래요. 그럴게요. 나는 전화를 끊은 다음 대충 옷을 입고 곧장 붉은팥 10킬로그램을 사기 위해 대형마트로 향했다. 카트에 팥 포대를 담고 또 그걸 계산대에 올려놓으면서 뭔가 이상하다고 생각했다. 왜 나는 팥을 살 시간이 있는 것인가. 이 시간에 팥을 살 수 있다니.

여동생은 팥을 살 시간도 팥을 뿌릴 시간도 없다고 했다. 시간이란 이상한 것이었다.

엄마에게 붙었다는 귀신은 거처를 여러 번 옮겼다.

처음에 귀신은 엄마에게 목마를 타듯 왔다고 했다. 양어깨에 턱, 걸터앉듯이.

어깨에 귀신이 사는 동안 어깨가 아팠고 그다음은 오금이었다. 그다음은 복부, 정확히는 배꼽. 다음은 눈. 다음은 목젖. 그리고 왼쪽 귓속.

귀신이 머무는 곳마다 어찌나 아픈지 말로 다 못 하겠구나. 눈물이 쏙 빠진단다. 너는 모른다. 너는 모른다. 엄마는 나와 여동생에게 하루에 적게는 세 번 많게는 열 번 더 넘게 전화를 걸어 하소연을 했다.

　통화를 할 때마다 엄마는 괴로움을 호소했다.

　죽은 사람들이 얼마나 산 사람을 좋아하는 줄
아니? 산 사람 목울대를 얼마나 편안해 하는지
너는 모른다. 너는 모른다. 엄마는 내가 모르는,
모를 법한 이야기를 죽 하다 별안간 화를 내며 전
화를 끊었다. 엄마와의 통화가 그렇게 시작해서
그렇게 끝나는 것에 큰 불만은 없었다. 슬프거나
화가 나지 않았다.

　사람은 죽어서도 계속 사람일 것이라는 그 생
각. 단지 투명해질 뿐이고 투명하지 않다면 거의
투명한 채로 흐물흐물한 경계를 가끔 볼 수 있는.
산 사람과는 다른 온도와 무게를 가진. 그래서 닿
으면 닿는 대로 느껴지는. 그래, 그럴 수도 있겠
지.

　여동생과 내가 엄마를 요양원으로 옮기는 것에
합의한 것은 두 달 전이었다. 합의, 라는 단어는
여동생이 사용한 것이었다. 오빠도 합의한 거야,
이렇게 말했던가. 오빠도 합의한 거지? 의문형이

었던가.

함께 살 수는 없다. 여동생과 나는 그런 이야기를 나누었다.

하지만 언젠가 다 같이 살았던 적도 있었는데.

이제 와 무슨 추억을 나눠.

그럼 외식을 하자. 엄마와 여동생과 나, 셋은 요양원으로 가는 길에 숯불 갈빗집에 들렀다.

엄마는 고기는 드시지 않았고, 밥만 두 공기를 드셨다.

고기 좀 먹어요. 여동생은 구워진 고기를 잘게 잘라 엄마 밥공기에 얹었다.

왜 저렇게 자꾸 밥공기에 고기를 쌓을까. 그게 네 최선이니? 여동생에게 물어보려다 말았다.

요양원으로 엄마를 모시는 데 필요한 절차는 모두 여동생이 준비했다.

11

어쩌다 그렇게 됐어요? 방사선 촬영기사가 내게 물었다. 기사는 내 전신을 훑어보았다.

유리문에 부딪혔습니다. 나는 대답했다.

저 흰 벽으로 가서 뒤통수 붙여요. 촬영기사가 말했고, 나는 그렇게 했다.

정면, 측면, 비스듬히 옆을 보고 숙인 두개골, 세 번 촬영했다.

진료 대기실의 긴 의자에 앉자 정면에 간호사 둘이 보였다. 둘은 체형과 표정이 달랐다. 다른 사람이니 다른 것이 당연했다. 그럼에도 그 다

름에 눈이 가고 비교를 하게 되었다. 둘이 아쉬운
게 각각 달라.

　다시 내 이름이 호명되고 나는 진료실에 들어
가 뼈에는 이상이 없다는, 그러나 촬영되지 않은
실금이 있을 수 있다는 의사의 소견을 들었다.
　큰 걱정은 마세요. 사람 코뼈는 그리 약하지 않
아요. 뒷목이 뻣뻣하지는 않으신가요? 혹시 모르
니 치과에도 가보세요. 코뼈보다는 이가 약합니
다. 의사가 말했고, 아무런 약도 처방받지 않았다.
2주간 금주할 것과 고개를 흔들지 말라는 당부를
들었다.
　고개를 흔들 일이 많지는 않으시죠? 의사가 농
담을 한 것 같았다.
　나는 마치 멋쩍다는 듯이 웃음을 조금 흘리고
진료실을 나왔다.
　정형외과에서 나오자 허기가 졌다.
　지긋지긋했다. 또 뭔가 입안으로 쑤셔 넣어야
하다니.

길거리에 서서 천천히 고개를 저어보았다. 콧잔등을 중심으로 양쪽 관자놀이가 둥둥 울렸다.

하늘에서 내리는 것은 없었는데 마주치는 사람마다 우산을 쓰고 있었다. 사람들은 무얼 가리려는 걸까, 생각이 들었을 때 윗입술에 차가운 것이 툭 떨어졌다.

편의점에는 비닐우산 두 개가 남아 있었다.

편의점 계산대에 서 있는 여직원은 카페 바닥을 닦던 여직원보다 어려 보였다.

어린 것이 중요한 것인가. 어린 것이 가장 중요한 것은 아니었다.

편의점에서 우산을 샀을 뿐이었는데 거리는 더 어두워져 있었다.

걸었다. 사거리를 지나 육교와 주유소를 지났다. 경찰서 외벽의 다 죽어, 라는 낙서를 보았다. 그 벽에는 오래전부터 많은 낙서가 있었다. 지금은 사라진 낙서, '산송장'과 'Fuck the Police'를 기억하고 있다. 왜 나는 그런 것들을 기억하고 있는 것인가.

내가 빌리기로 한 벽은 5미터 높이의 벽돌 벽
으로, 회색 페인트와 파란색 페인트가 칠해져 있
어야 했다.

발이 파란 말을 본 적이 있다.

꿈에서 내가 빌릴 벽에 대한 조건들을 나열할
때, 나는 그 말을 떠올렸던 것이다. 회색 몸에 발
이 파란 말.

눈앞에 비가 내리고.

비닐우산이 뚫리지는 않을지. 투명한 우산으로
떨어지는 빗줄기가 꽤 굵었다. 비를 밟으며 내리
막길을 내려갔다. 얼마 걷지 않아 천변이 나타났
다.

물가에 목이 긴 흰 새가 비를 맞으며 서 있었
다. 쳐다보다가, 지금 저 새가 눈을 감고 있는 것
인가, 뜨고 있는 것인가. 문득 궁금했다. 목이 긴
흰 새는 새의 모형처럼 움직이지 않았다.

한 방향으로 흐르는 물을 따라 계속 걸으면 이

도시의 끝이 나타난다는 것을 알고 있었다. 도시의 끝에는 지금 내 옆을 흐르는 것과 같은 물이 <u>흐르고.</u>

빗소리에 묻혀 물이 흐르는 소리가 들리지 않았다. 물이 흐르는 소리를 듣자고 천변으로 내려온 것은 아니었다. 나는 피하고 싶었다. 너무 많은 건물. 너무 많은 간판. 너무 많은 글자.

정형외과에 다녀온 게 일과의 전부였다.

12

어쩌다 그렇게 됐어?

유리문에 부딪혔어.

A는 부어오른 내 콧잔등을 재미있어 했다.

코가 사람 관상에 진짜 중요한가 보네. 다른 사
람 같아. 어쩌다가 그런 거야?

A는 유리문에 부딪혔다는 내 대답을 듣고도
한 번 더 물었다.

어떻게 하면 유리문에 부딪힐 수 있는 거야?
어? 만화 같잖아.

A는 내내 실실 웃는 얼굴로 말했다.

A는 여전히 그 부서에서 일하고 있다고 했다.

형이 관둘 때 나도 나갔어야 했는데.

A는 나를 만날 때마다 형형, 불렀다. 딱히 형 대접을 하는 것 같지는 않았다. A는 내게 부럽다고 종종 말하고는 했다. A는 사무실에 얽매이지 않아도 되는 나의 생활을 동경하는 듯 말했지만 나는 알고 있었다. A는 앞으로도 죽 그 부서를 떠나지 않을 것이었다. 그 부서를 떠나는 자들은 정년이 되어 퇴직하는 자, 입사 후 얼마 되지 않은 부적응자, 대체로 두 부류였다. 나는 정년이 된 것도 아니었고 입사 후 부적응한 케이스도 아니었다. 나는 9년을 근무했다. 내가 하는 일은 쌓는 것이었다. 흐트러짐 없이 각을 잡는 것. 보고서를 정시에 내는 것과 하루 두세 건 결재를 받는 것. 그리고 내 왼편에 유리창이 있었다. 유리창은 나와 가장 가까웠지만 블라인드를 내리고 올리는 것은 내 권한이 아니었다. 내 왼쪽 얼굴은 햇빛에 그대로 노출되어 오후 세 시가 되면 익을 것처럼 달아올랐다. 언제부터였는지 사무실에 앉아 있는 매 순간이 치명적으로 느껴졌다. 치명적이지 않

다는 것을 알면서도 치명적으로 느껴졌다. 무언
가에 속는다는 느낌. 갈증. 부기. 편두통. 흉통.

　사무실에 근무했던 사람들 중 A와는 퇴사 후에
도 종종 연락을 이어왔고, 근래까지 규칙적으로
만나왔다. 두어 달에 한 번쯤 주로 A가 먼저 연락
을 해왔다. 문자메시지로. 힘들다는 내용으로.
　A는 대화를 잘 이끄는 편이었다.
　A에게는 만나는 여자가 몇 있었고.
　A는 내게 여자를 소개시켜준 적도 있었다.
　A와 나는 여느 날과 다름없이 호프집에 앉아
이성에 관한 대화를 나누었다.
　성관계 시 해부학적 차이에서 비롯되는 여성의
인식론적 우위와 남성의 콤플렉스. 낱낱이 드러
남. 도달해야 할 한계에 대해. 우리는 대화를 나
누었다.
　A는 최근에 만난 여자와 모텔까지 들어갔지만.
샤워까지 했지만. 침대에 누워 시도하기 직전 여
자가 돌변하여 모텔을 떠났다고.
　내 자지를 보고 실망한 것 같더라고. A는 그렇

게 말했다.

　실망이 그렇게 쉬운가? 내가 물었다.

　실망 한순간이지. A가 대답했다.

　한순간에 모텔에 혼자 남겨진 A는 잠깐 자고 일어나 새벽같이 출근을 했다고.

　형, 그거 알아? 여자가 진짜 오르가슴을 느끼면 신음 소리를 내는 입 모양이 아, 가 아니라 오, 모양이라는 거. A가 말했다.

　앞으로 잘 봐. 아, 이런 입 모양은 연기야. 연기하는 거라고. A는 눈을 반쯤 감고 아, 모양으로 입을 벌렸다.

　오, 오, 이게 진짜야. 이게 진짜라고. A는 눈을 반쯤 감고 오, 모양으로 입을 벌렸다.

　A는 취했고, 우리의 대화는 조금씩 어긋나기 시작했다.

　두 칸씩 올라가기는 쉬워도 두 칸씩 내려가기는 힘들어. 그게 인생이야.

　한 칸씩 내려가면 되지.

지금 그 이야기가 아니야.

계단 이야기 아니었니?

아니 인생 이야기였어.

아아, 인생.

이 시대는 불이 필요해.

그래. 불이 필요해.

사람마다 마음에 불꽃이 있으니. A가 말하면,

그래. 사람마다 가슴속에 불꽃이 있지. 내가 대답했다.

형 불꽃은 무슨 색이야? A가 물었을 때,

검정색. 나는 대답했다.

그건 재야. A가 말했다.

피곤하기도 하고 금주를 하라는 의사의 말이 떠올라 그만 집으로 돌아가고 싶었다.

A는 어려운 고백을 하는 사람처럼, 죄를 지은 사람처럼, 죽고 싶다고 말했다.

죽고 싶다는데 거기에 대고 무어라 대답할 말

이 없었다.

A와 나는 사거리에서 헤어지기로 했다.

내가 먼저 등을 돌리고.

형은 성공할 거야. A가 내 뒤에서 말했다.

지금 하는 노력의 백배만 더 하면. A가 말하고
는 웃었다.

집에 도착한 나는 화장실로 들어가 세면대 앞
에 서서 아, 와 오, 입 모양을 번갈아가며 뻥끗거
렸다. 차이를 확실히 알기 위해서였다.

13

그날 웃음 중 유의미한 웃음은 2회, 무의미한 웃음은 수회. 의미의 유, 무를 나누는 기준은 눈을 마주쳤는가.

엄마와 나는 잔치국수를 먹었다. 그다음엔 요양원 뒷마당을 두 바퀴 걸었다.

코의 부기는 쉽게 가라앉지를 않았다. 내 걱정과는 다르게 엄마는 내 코에 대해 별다른 말을 하지 않았다.

엄마가 원한다면 더 멀리 갈 수도 있었지만.

엄마는 한자리에 앉아 이야기 나누기를 원했다.

엄마는 할 말이 많은 사람이었다.

엄마는 요양원에서 향과 초를 켜지 못하는 것이 불만이라고.

아픈 곳은 여전히 아프지만 더 심해지지는 않았다고.

이제 너를 원망하지는 않는다. 엄마가 그렇게 말했을 때 나는 놀랐다.

엄마는 나를 원망할 이유가 없어요. 나는 그렇게 대답하려다가 말았다.

나 역시 엄마에게 이제 엄마를 원망하지 않아요, 그렇게 말하고 싶었지만 그 말도 하지 않았다. 엄마와 나 사이에 이제 원망조차 없으니. 모자 사이가 아니라 이웃이 된 기분이었다.

네 여동생은 아직 싱싱하더구나. 엄마는 지난 주말 요양원에 다녀간 여동생에 대해서 말했다. 착한 아이죠. 제가 더 잘할게요. 내가 왜 그렇게 말했는지 모르겠다. 여동생은 착한 아이일 수 있었으나 내가 더 잘한다는 것은 어떤 뜻이었는지. 별생각 없이 자동기계처럼 내뱉은 말이었다.

엄마와 나는 말없이 벤치에 앉아 있었다. 해가

거의 다 질 때까지.

나는 이제 엄마에게 궁금한 것이 없다.

앞으로 어떻게 살아갈 것인지, 엄마에게 묻지 않을 것이고.

살아온 날에 대해서 후회하는지, 그 또한 엄마에게 묻지 않을 것이다.

지금 행복한지, 그것도 내 관심사는 아니다.

엄마는 나에게 더 이상 부담도 아니었다.

물가에 서 있는 목이 긴 흰 새를 쳐다보는 것과 크게 다르지 않았다. 눈을 감고 있는 것인지 뜨고 있는 것인지 도무지 보이지 않고. 엄마의 생각은 내가 전혀 알 수 없는 것이었다. 수없이 변해온 엄마의 인상을 알고 있다. 엄마는 내게 여러 면의 인격을 보여준 사람이었다. 우리는 서로 시달렸다.

바쁘면 자주 오지 않아도 된다. 엄마가 말했다.

바쁘지 않아요. 나는 대답했다.

왼쪽으로만 누워 자지 마라. 엄마가 말했다.

벽에 붙어 자지도 말고.

꿈에서 서명하지 마라.

꿈에서 뭐 먹지 말고. 타지 말고, 탔거든 내리려고 노력해라.

엄마가 혼자 계속 말했다.

알겠어요. 나는 대답했다.

엄마는 내가 모로 누워 자는 습관 때문에 코가 삐뚤어지고 턱이 찌그러질까 걱정을 하는 것이었다.

생각보다 저는 단단해요. 찌그러지지 않아요. 그렇게 말해도 엄마는 믿지 않았다.

아무리 큰 잉어라도 홍수에는 휩쓸리기 마련이고. 불행이 꼬리에 꼬리를 물어. 엄마가 혼잣말을 하면 나는 못 들은 척 벽을 보고 누워 있었다. 죽어줄게, 죽어줄게. 엄마가 악다구니를 쏠 때 나는 무얼 하고 있었던가. 죽으세요, 죽으세요. 그렇게 말했던가. 그렇게 말했더라면 후회했을까. 그렇게 말하지 않았던 것을 후회하고 있는 것일까. 죽으세요, 말한다 한들 죽을 엄마가 아니었다. 죽지 마세요, 붙잡는다고 죽지 않을 엄마도 아니었다. 나는 굳이 도망치지 않기로 했다. 내 불행은 확실한 것이었다. 어디에 비교한다 한들 자신 있었다. 그 누구보다도 나의 불행이 깊고 크다. 해결할 수 없는 일이 하나둘 생겨나고, 해결할 수 없는 일이 셋, 넷 늘어가다가. 해결할 수 없는 일이 무리, 무리 지어 진을 치게 되었을 때 나는 그 맨 끝에 얼쩡거리는 형체를 알아볼 수 있게 되었다. 그것은 어둡거나 부옇거나 불분명한 어떤 것이 아니었다. 선명한 얼굴이었고 마지막에 만났던 그대로의 복장이었다. 할아버지였다. 할아버지였는데, 할아버지라 할 수 있을까. 온통 젖고 추워 보였다. 물에 불어 나보다 덩치가 큰 저것이 내 할아버지가 맞는지.

어제는 할아버지 꿈을 꾸었다. 그게 오늘 내 불행의 이유이다.

한 번은 여름 산에서, 또 한 번은 겨울 산에서 미끄러져 다친 적이 있었다. 두 번 다, 산을 타기 전에, 여름과 겨울에, 할아버지가 꿈에 나왔다.

발목을 다친 것은 분명히 나쁜 일이었다. 그러나 어떤 순간이 지나자 나에게는 좋은 일도 나쁜 일도 생기지 않았다. 그게 언제, 어떤 순간이었을까.

네가 너무 성의가 없어서 화가 나. 이런 말을 들었을 때부터였는지.

너는 이상한 데가 한두 군데가 아니야. 이런 말을 들었을 때부터였는지.

너는 눈, 코, 입 다 변명조로 생겼어. 그런 말을 듣기도 했었다. 변명조의 눈, 코, 입이란 어떤 생김인가. 하루 종일 가늠했다. 알 수 없는 것이었다. 변명조의 눈, 코, 입이란 거짓말을 하는 얼굴일지, 슬픔이나 오만의 표정일지. 그러나 거짓말을 하는 눈, 코, 입, 슬프거나 오만한 눈, 코, 입에 대해서도 아는 바가 없었다.

해가 지고,
요양원 마당에 사는 개가 컹컹 짖어댔다.
저 개가 얼마나 착한 개인 줄 아니? 엄마가 말했다.

너도 저 개한테 좀 배워라.

다음에 올 땐 계란 열 개 삶아 와라.

과일도 좀 가져와라. 날이 점점 추워진다. 이
세상에서 제일 뜨거운 과일로 가져와라.

엄마가 말했고.

그럴게요. 내가 대꾸했다.

14

'줍다'.

'줍다'의 과거는 '주웠다'.

'줍다'의 좀 더 사소한 과거는 '줍지 마'일 수도 있다.

'줍다'의 미래는 '저기 있다'.

'줍다'가 그냥 '줍다'일 수는 없다.

'줍다'의 현재는 없다.

'없다'라는 서술어 쓰지 않기 운동이 붐이 되었다.

정말 있는 것만 써야 한다.

정말 있는 것은 무엇인가?

엄마가 나를 부둥켜안고 운 적이 있었다.

포옹의 시간은 짧았지만 거북한 시간이었다.

뿌리치기 위해 몸을 뒤틀기도 했는데.

완전히 벗어나지는 못했다.

여동생은 어떠했던가. 나와는 다른 것 같았다. 되레 엄마에게 안기기를 좋아했던 것 같은데. 그저 내 착각일 수도 있다.

15

여동생과 나는 서로의 공통된 지인 L의 장례식
장에서 만났다.

여동생과 나는 병원 대형 주차장 구석에 서서
자판기 커피를 마셨다.

여동생과 나는 장례식장에서 L에 대한 이야기
는 거의 나누지 않았다.

여동생과 나는 만나서 헤어지기 직전까지 엄마
에 관한 이야기를 나누었다.

엄마가 살던 집을 처분하는 것에 대하여.

처분해야 하는 이유에 대하여.

처분해야 하는 이유는 각자 몫을 나누기 위해

서였다.

각자의 몫과 엄마의 목에 대해서도.

엄마는 요즘 다시 목이 아프다고 하셨다.

다시 목울대 안에 귀신이 사는 것일까.

목울대라니. 갑갑하지 않을까.

목울대는 살 만한 곳이 아니었다.

귀신 걱정할 때가 아니었다.

다 엄마 것은 아니지. 여동생이 그렇게 말했다.

엄마가 가지고 있는 것은 대부분 여동생이 마련해준 것이었다.

처분한 것을 어떻게 나누어야 할지. 우리는 언제든 곧 다시 만나야 해. 여동생이 말했고.

너는 바쁜 아이이니 내가 너에게 시간을 맞추겠다. 내가 말했다.

연락할게. 멀어지는 여동생의 뒷모습을 보다가 장례식장 안으로 다시 들어갔다.

16

곧 죽을 사람에게는 섬유유연제, 생수, 바나나
가 필요하지 않다.

조문객들이 자리한 테이블마다 비슷한 내용의
대화가 이어졌다.

죽을 사람이 섬유유연제를 왜 사느냐.

죽을 사람이 생수를 왜 사느냐.

죽을 사람이 바나나를 왜 먹느냐.

죽은 L의 마지막 방문지는 편의점이라고 전해
졌다.

L은 편의점에서 계산한 바나나 두 송이를 집에
돌아와 먹었고, 섬유유연제와 생수는 개봉하지

않았다.

바나나니 물이니 그런 것 다 떠나서, L에게는 개가 있지 않느냐.

개를 사랑하는 사람은 개만 남겨두고 죽지 않아요. 죽을 거면요. 죽기 전에 개 돌봐줄 사람 알아보고 죽어요. L이 얼마나 개를 사랑했는지는 다들 아실 테지요.

대형견 동호회 회원 여덟 명은 한 테이블에 모여 앉아 이야기를 나누었다.

L이 키우는 견종은 시베리언 허스키였어요.

회원들은 개와 주인과 죽음에 관한 의견을 한마디씩 내놓았다.

작년에 제 친구도 자살을 했는데요. 후배 집에 개를 맡기고 온 그날, 뛰어내렸어요.

개의 시간과 사람의 시간은 달라요.

편견이 심해서 특히 힘든 아이들이 대형견이에요.

개가 사람보다 나을 때가 얼마나 많습니까?

전 사람에게 한 번도 인격을 느낀 적이 없어요.

개 같다는 건 뭐고, 사람다움은 또 뭡니까?

개를 소유할 수 있다고 생각하나요?

인간은 개를 소유할 수 없어요.

그래요. 개와 통화할 수도 없고요.

통화할 수 있다면 이것저것 묻고 싶네요.

하늘의 큰 뜻으로 주인과 개가 한날한시에 죽을 수도 있겠죠. 그렇다면 그건 또 그것대로 얼마나 서글픈 일이겠어요. 하늘의 큰 뜻이란 무엇일까요. 정말 믿을 수 없어요.

개에 대한 이야기를 나누던 대형견 동호회 회원들 중 한 여자가 믿을 수 없어요, 말한 뒤에 불현듯 L의 죽음을 상기했다. 같은 테이블에 앉은 여러 명은 동시에 놀랐다.

죽었다니 믿을 수 없어. 믿을 수 없어. 믿을 수 없다는 목소리가 웅성거리며 이어졌다.

그런데 L씨가 키우던 허스키는 지금 어디에 있죠? 회원 중 하나로 보이는 여자가 다급하게 물었다.

L에게는 약혼녀가 있지 않았나? 조문객 중 누군가 허공에 대고 물었다.

네. 저기 앉아 있네요. 누군가 허공에 대고 대답했다.

한 무리가 일제히 벽에 기대어 앉아 있는 L의 약혼녀를 향해 고개를 돌렸다.

눈만 휘둥그레해서는 따라 죽지도 못할 상이군. 누군가 혼잣말처럼 속삭였다.

따라 죽을 정도로 사랑하진 않은 모양이에요. 누군가 웃었다.

요즘 누가 약혼을 하나요? 누군가 고개를 갸우뚱했고.

L이 절차를 중시하는 성격은 아니었는데요. 누군가 짐작했다.

저 여자가 재촉한 거지, 뭐. 조문객 중 누군가 확신했다.

개를 소유할 수 있다고 생각하세요? 옆에 앉은 초면의 남자가 내게 물었다.

나는 내 앞의 일회용 젓가락을 뜯으며 남자의 얼굴을 힐끗 쳐다보았다.

내게 말을 건 남자는 머리숱이 적었고, 이미 취

한 것 같았다.

인간이 진정 개를 소유할 수 있습니까? 옆에 앉은 그 남자가 다시 내게 물었다.

글쎄요. 나는 그 남자에게 대답한 뒤 육개장을 먹기 시작했다.

인간은 결코 개를 소유할 수 없어요. 남자는 부연설명을 하려는 듯했다.

그렇군요. 나는 남자에게 대꾸했다.

허스키는 L의 마지막 순간에 절망이었을까요? 희망이었을까요? 남자는 내게 바짝 붙어 질문을 이어갔고, 나의 빈 잔에 소주를 따르기도 했다.

나는 육개장을 다 먹은 뒤에 꿀떡 세 개와 귤을 먹었다.

천천히 먹어요. 머리숱이 적은 그 남자가 나의 귀에 대고 속삭였다.

L이 준비하고 있다고는 생각했어. 늘 무언가 적고 있었고, 같이 길을 걸을 때면, 걷다가 멈춰서서 골몰하는 일이 많았어. 무슨 생각을 그렇게 하는지 일일이 묻지는 않았지. 그런가 보다 했지.

지금 돌이켜 보면 그게 다 준비였던 거야. 나는 그땐 몰랐어. 알았다면 한마디 말이라도 따뜻하게 해줬을 거야. 말렸을 거야. 잡아줬을 거야. 조문객 중 중년의 여자가 훌쩍이기 시작했다.

네가 잡는다고 안 죽었겠니? 여자의 맞은편에 앉은 여자가 말했다.

L에 대한 두 여자의 의견은 첨예했다.

일주일을 열흘처럼 살았던 사람이야. 성실했어.

아니. L은 몇 날 며칠 누워 있기만 하던 애였어.

무서울 것 없이 살았던 사람이야.

겁이 너무 많아서 죽은 거지.

법 없이도 살 사람.

술 없이는 잠을 못 잔 인간.

기관지가 약하게 태어나.

골초, 마초.

순하고.

고집 센.

야. 네가 뭘 알아? 두 여자 중 한 여자가 외마디 소리를 질렀다.

너보다는 잘 알아. 두 여자 중 한 여자가 물 잔으로 테이블을 내리쳤다.

어디를 가나 시비가 잦은 이유는 우리 인류가 다 함께 끝낼 준비를 하는 것입니다. 시비 붙고. 피 터지게 싸우다가. 지금 이 자리에서 먼저 죽는 사람이 이기는 거다. 다들 이런 마음가짐으로 사는 겁니다. 저 두 여자는 진짜 L에 대해서 아는 게 없네요. 저 두 여자는 L에 대해서만 알지 못하는 게 아닐 겁니다. 저 둘은 자기네가 어떤 사이인지도 모르고 있어요. 둘은 아마, 우리는 다툼이 잦지만 나쁘지는 않은 사이라고 생각하고 있을 겁니다. 그래서 여기 이 상갓집까지 함께 찾아왔을 테고요. 하지만 저 두 여자는 나쁜 사이입니다. 다툼이 잦지만 나쁜 사이는 아닌 게 아니라, 나쁜 사이이기 때문에 다툼이 잦은 겁니다. 상극입니다. 보입니다. 제가 볼 수 있습니다. 실은 제가 박수거든요. 40대 초중반으로 보이는 머리숱이 적은 남자가 나의 한쪽 귀에 대고 말했다.

나는 옆에 앉은 남자에 대한 구체적인 이미지

하나를 떠올리며 새로운 귤을 집어 들었다. 무당이었군. 나는 속으로 생각했다.

L이 키우던 허스키는 지금 어디에 있죠? 나의 대각선에 앉은 어린 여자가 물었고,

저 약혼녀가 키우지 않겠습니까? 테이블의 끝에 앉은 대형견 동호회 회원 중 한 사람이 대답했다.

한 무리가 일제히 L의 약혼녀를 쳐다보았다.

저런 눈은 눈물만 많고 의리가 없어. 남녀 사이에도 의리라는 게 있거든. 조문객 중 누군가 L의 약혼녀의 눈에 대해 말했다.

그래. 나도 저런 눈 잘 알지. 조문객 중 누군가 '배신의 눈'에 대해 이야기했다. '배신의 눈'은 그들의 대화에서 '사기의 눈' '간신배의 눈' '홀리는 눈' '조심해야 할 눈'으로 변형되기도 했다.

약혼까지 했는데 죽을 이유가 뭐야. 조문객 중 누군가 덧붙이며 혀를 찼다.

하나의 죽음에는 하나의 이유가 있습니다. 당연하고 마땅한 이유 말이에요. 하늘에 떠 있는 것

들은 저마다 이유가 있지요. 해, 달, 구름, 새, 비행기 같은 것들이요. 저마다 이유가 있다고 생각하면 너무나 당연해서 마음이 편안해지지 않습니까? 태양에 물을 붓고, 붓고, 부어도 태양은 꺼지지 않고요. 달에 남은 발자국이 영원한 것과 같은 이치로 생각해보세요. 영영 만날 수 없는 게 아니라요. 갈 자리로 간 겁니다. 박수라 자기소개를 한, 내 옆의 남자는 취해서 느릿느릿 말했다.

여기 앉아 들을 만한 이야기인가. 나는 박수의 말을 들으며 생각해보기도 했다.

인간은 신이 될 수 없습니다. 인간 태생이 신이 아니니까요. 신이 되기를 요구받고 있다고 착각하는 인간 몇몇이 고개를 빳빳이 쳐들고 하늘을 올려다보니 벌을 받은 것입니다. 뚫린 입이라고 아무렇게나 떠들면 벌 받는 것이지요. 안 그렇습니까, 선생님? 박수는 나의 어깨를 툭툭 건드렸다.

나는 남자에게 무어라 한마디 하려다 말았다.

선생님 제 이야기 잘 들으세요. 어디 가서 돈 주고도 못 듣는 이야기입니다. 박수는 신이 나서 웃었다.

태초에 빛이 있었듯이 어두움이 있고, 상처가 있고, 세포가 있고, 인간이 있고, 인간에게는 두 개의 입이 있었습니다. 눈, 코, 입, 귀, 다 두 구멍씩 있는 것이었지요. 하늘 아래 모든 것이 동시에 분무된 결과로요. 결과가 그렇다고요. 태초의 벌은 삭제, 봉쇄, 탈락, 요즘 말로는 사라짐이요. 두 개의 입 중에 하나가 사라진 겁니다. 그게 우리가 받은 벌입니다. 벌은 모두에게 내려져 당연한 것이 되었고, 뚫린 입이라고, 남은 입으로 오늘도 지껄이는 겁니다. 우리에게 지금은 사라진 그 나머지 입, 그게 어디에 뚫려 있던 것이었는지 아시겠어요? 박수가 내게 물었고, 나는 이제 그만 자리에서 일어서야 할 때라고 생각했다.

여기요. 이 관자놀이에 입 구멍이 하나 더 있었습니다. 박수는 말하는 동안 자기의 왼쪽 관자놀이를 손바닥으로 두 번 내리쳤다.

선생님, 가끔 머리 아프시죠? 지끈지끈해서 미치겠다 싶을 때 있지 않습니까? 갑작스러운 편두통은 사라진 입이 할 말을 못 해서 그런 겁니다. 입장 정리, 신변 정리하는 것은 다 그 이유예요. 머리 아프니까. 머리 아파서. 진짜 해야 할 말을 하는 입, 사라진 입, 관자놀이에 있던 입을 찾는 거죠. 향수죠. 심각한 향수는 사람 죽게 합니다. 박수는 자기 목소리에 스스로 도취되었다.

아마 L도 그 때문이었을 겁니다. L이 자기 개를 얼마나 사랑했는데 그렇게 쉽게 죽을 수 있었겠습니까? 머리 아팠던 겁니다. 벌 받은 걸 알게 된 거예요. 입이 사라진 것을 깨달은 거예요. 진짜할 말 못 하고 살고 있으니 죽고 싶었겠지요. 우리가 지금 멋대로 자기 기분에 취해서 울 일이 아닙니다. 내 주위의 공기가 갑자기 차가워지기도하고 뜨거워지기도 하는 건, 실로 내 주위에 영혼이 많다는 뜻입니다. 그러니 울지 않아도 됩니다. 사람이 귀신 되기 쉽죠. 귀신이 사람 되기 쉬운가요? 선생님 생각은 어떻습니까? 박수가 나의 한쪽 팔을 붙들고 말했다.

지금 뜨거운 기운은 저 히터에서 나오는 겁니다. 나는 구석에 배치된 히터를 가리키며 말했다.

40대 초중반으로 보이는 머리숱이 적은 대형

견 동호회 회원이자, 무당이라 자기소개를 한 그
남자는 순식간에 얼굴이 벌게져서는 눈을 부릅떴
다.

테이블을 사이에 두고 마주 앉은 L의 두 여 동
창생은 지나간 표정 때문에 다투기 시작했다.
네가 그런 얼굴을 할 필요는 없잖아? 한 여자
가 물으면,
내 얼굴 어디가 어떻다는 거야? 다른 한 여자
가 반문했다.
네 얼굴이니 네가 더 잘 알 테지.
아니. 난 모르겠는데?
그럼 네 얼굴을 누가 설명해?
난 모른대도.
아니. 넌 알아. 네 무의식이 네 얼굴에 그대로
나온 걸 테니까.
무의식을 내가 무슨 수로 알아. 내 얼굴이래도
지나간 표정이야. 표정일 뿐이야.
네가 책임감을 알아?
알아. 책임을 느끼는 감정.

그래. 책임을 느끼는 감정이 너한테 있냐고.

있어.

확실해?

확실해.

웃기지 마. 만약에 네가 책임감을 느낀다면 넌 그런 표정을 지을 수 없어. 너는 먹을 수도 없고 여기 오지도 못해. 그런데 지금 이 자리에서 넌 잘 먹고 앉아서 그런 표정을 짓고 있잖아.

네가 뭔데 나한테 책임감이 있다, 없다야. 네가 뭘 알아?

네가 뭘 알아? 내가 박수라고. 나는 별안간 멱살이 잡혔다.

박수는 나의 셔츠를 쥐어짜듯이 비틀어 잡았다.

나는 입안에 씹고 있던 귤을 주르륵 흘렸다.

박수의 눈알이 터질 것처럼 벌겋게 달아올라 있었고, 입가에는 침과 술, 기름이 번들거렸다.

따라 죽지는 못해. 못 죽어.

아직 젊으니.

아직 너무 젊은데 도대체 약혼은 왜 한 거야. 결혼도 아닌 약혼을. 왜.

살다가 헤어지기도 하는데 약혼이 대수인가.

L의 장례는 본격적으로 L의 약혼녀에 대한 이야기로 채워졌다.

식장 한가운데에 화투판이 벌어졌다.

화장실을 찾아가던 술에 취한 조문객 하나가 비틀거리며 테이블 위로 넘어졌다.

테이블 위의 술병이 바닥으로 떨어져 깨졌다. 온돌바닥은 뜨겁게 달궈져 있었고, 그 위로 산산조각이 난 유리 조각과 술과 육개장 건더기와 국물이 흥건했다.

치우는 사람과 나르는 사람이 서로 부딪혔고,

누군가 찢어지는 소리로 울었다.

누군가 삼키는 소리로 울었다.

어딘가 정말 찢어졌고, 무엇인가 정말 삼켰다.

태양에 물을 붓고, 붓고 부어봐. 이 자식아, 여기는 산 사람들의 자리가 아니야. 네 눈에 보이는 게 다 인간인 것 같으냐? 네가 먹는 게 쌀인지 보리인지는 알아야지. 알고 먹어야지. 네가 뭘 알아? 박수는 고함쳤다.

17

　나는 장례식장이 위치한 P병원을 빠져나와 집
으로 향했다. 지하로 내려가 마지막으로 운행되
는 지하철을 탔다.

　여덟 정거장을 거친 뒤, 다시 지상으로 올라와
가로수 옆에 멈춰 섰다.

　교회와 육교, 사거리를 지나자 옅은 눈이 날리
기 시작했다.

　겨울은 분명히 끝이 난 것 같은데. 뺨 위에서
눈이 녹았다.

　보도블록이 눈으로 젖었다.

　밤새 눈이 내린다면, 쌓일까. 나는 생각을 시작

했다.

바람이 거세었다. 눈발이 방향 없이 흩날렸다.

나는 편의점으로 들어갔다.

껌 한 통을 계산했다.

껌을 씹으며 걸었다.

하나, 둘, 셋, 세 개의 껌을 한꺼번에 씹었다.

입안이 단물로 가득해졌다.

장례식장에서 술을 한 잔도 마시지 않았는데, 취기가 오르는 기분이었다.

어지러워서 왼쪽 관자놀이를 짓눌렀다.

어지러워서 왼쪽으로 기울어 걸었다.

바람이 깨질 것처럼 차갑게 불었다.

집에 거의 도착했을 때, 전봇대 옆에 웅크리고 앉아 있는 사람을 발견했다. 나는 놀라 걷던 걸음을 잠시 멈췄다. 멈춰 서서 다시 본 그것은 웅크린 사람이 아니었고, 커다란 쓰레기봉투였다. 전봇대는 약간 휘어 곧 쓰러질 수도 있을 것 같았다.

전봇대가 쓰러지고, 내가 그 아래를 걷고 있다
면,

내가 걷고 있고, 내 위에서 전봇대가 쓰러지기
시작한다면,

전봇대에 깔린 나는 날이 밝을 즈음 발견되고,

곧 죽을 사람은 껌을 씹지 않는다. 장례를 위해
모인 사람들이 이야기를 나눌 것이다.

나의 마지막 행선지가 편의점으로 전해지겠구
나. 씹던 껌을 뱉었다.

집으로 들어가 입었던 옷을 벗었다. 코트와 털
조끼는 옷걸이에 걸었고, 바지와 셔츠는 차곡차
곡 개었다. 셔츠에 벌건 국물이 여기저기 묻어 있
었다. 박수에게 심하게 잡혔던가, 나는 옆에 앉아
떠들었던 남자를 떠올렸다.

알몸으로 쭈그려 앉아 손톱과 발톱을 깎았다.
깎여진 것들을 쓸어 모아 변기에 내렸다.

뜨거운 물로 샤워를 하는 동안 아무 생각도 하
지 않았다.

수건으로 몸을 닦으며 개새끼, 한번 내뱉었다.

박수가 다시 떠올랐기 때문이었다.

드라이어로 머리를 말렸고, 냉장고에서 캔맥주
를 꺼내었다.

나는 책장에서 스프링 노트를 꺼내어 펼쳤다.
펼쳐진 곳에 내 이름을 세 번 적었다.

세 번 적힌 이름, 각각의 내 필체를 비교했다.

처음 쓴 것이 제일 나았다. 나는 내 이름에 대
한 어떤 결론을 내렸다. 창을 열었고, 아직 눈이
쌓이지 않았기 때문에 흩날리는 눈에 대한 어떤
결론을 또 내렸다. 전봇대와 휘어짐에 대한 결론,
쓰레기봉투와 웅크린 사람에 대한 결론, 냉장고
가 가동되는 소리에서 어떤 결론을 내렸다. 빠르
지 않게 방 안을 걸었다. 느리지 않게 방 안을 걸
었다.

방 안을 걷는 동안 춥기도 하고 덥기도 했다.
추위와 더위, 나는 무엇도 선택하지 않았다. 선택
은 처음부터 내 몫이 아니었다. 내 몫이 아닌 처
음에 대해서 나는 생각했다. 내가 달고 있는 눈,
코, 입, 귀 같은 것들에 대해서. 해가 뜨기 전에 어떤 또 다른 결론을 내리고 싶었다.

18

　지금쯤 카페 여직원이 대걸레로 바닥을 닦고
있지 않을까, 하는 생각이 들었다. 그래서 나는
카페로 행선지를 정하였다.

　대걸레로 바닥을 닦던 여직원은 카페 홀 어디
서도 보이지를 않았다.
　나는 빈 테이블에 가 앉았고,
　옆 테이블의 노인 둘은 어떤 여자에 대해서 이
야기를 나누고 있었다.
　어떤 여자의 취미일지, 어떤 여자의 병일지.
　나는 그 노인 둘 옆 테이블에 앉아 그들의 대화

를 들었다.

동전을 녹여 동상을 만들겠다, 그런 비전을 가
지고 있었다고 합니다.

그런 비전도 비전은 비전이지요.

비전은 퓨처와 뭐가 다릅니까?

비전이 퓨처보다 더 이미지화된 것 아니겠습니
까?

이미지라, 비전과 뷰의 어원이 같습니까?

거기까지는 모르겠습니다.

동전을 녹여도 됩니까?

불법이죠.

불법을 굳이 왜?

동전으로 동상을 만들기 위해,

200만 원을 바꾸었다고 합니다.

10원, 50원, 100원, 500원 각각 같은 비율로.

10원짜리가 가장 많았다고 합니다.

다른 어떤 것도 아니고 왜 동전이었어야 했습

니까?

거기까지는 모르겠습니다.

누구의 동상을 만들 계획이었다고 하던가요?

누가 됐든 동전을 녹이는 것은 불법입니다.

동전은 어떻게 녹이고요?

어떻게든 녹일 계획이었던 것 같습니다.

성인 남자 셋이 그 동전이 담겨 있던 포대자루를 날랐다고 하더군요.

포대자루는 총 세 자루였다고.

한 자루가 180킬로그램이 넘었다고.

아아.

그녀의 바람대로 동전 200만 원어치를 녹여 동상 만들기에 성공했다면, 그녀가 행복해졌을까요?

글쎄요. 그거 녹여서 그거 만든다고 뭐 얼마나

행복해졌겠습니까.

아니, 혹시 행복해졌을지도 모르지요.

한복 전시회를 열겠다, 그런 비전도 가지고 있
었다고 합니다.
아, 그런 비전도 비전이지요.
한복 40여 벌을 모았다더군요. 무당의 무복까
지요.
그렇지요. 무복도 한복이지요.
무복이라, 그 여자 귀신이 붙은 건 아닙니까?
거기까지는 모르겠습니다.

나뭇가지, 낙엽, 흙도 모았다고 하더군요.
흙은 어떻게 모읍니까?
편지봉투에 보관했더군요. 집 안 구석구석에
편지봉투가 처박혀 있었다더군요.
그것들은 어떤 비전과 연관된 것인지?
시간을 붙잡고 싶었다더군요.
흙이니 낙엽 모은다고 시간이 붙잡아진다던가

요? 허허.

시간을 붙잡지는 못해도, 붙잡고 있는 기분이, 붙잡았다, 그런 착각이 들었을 수는 있었겠지요.

그 여자는 착각이 컸던 모양입니다. 허허.

그 여자는 뭘 그리 붙잡고, 뭘 그리 모으는.

그래서 그 동전들, 그 한복들, 그 나뭇가지, 낙엽, 흙들은 지금 어떻게 되었습니까?

그 여자의 아들이 어느 날 찾아와 처리했다더군요.

그 여자는 지금 어디에 있습니까?

높은 언덕으로 이사를 갔다더군요.

아, 언덕으로 되돌아갔군요.

언덕, 둘 중 한 노인이 그 여자가 이사를 간 언덕에 대한 이야기를 시작하려 할 때, 테이블이 흔들렸다. 앉아 있는 의자 역시 잔잔하게 흔들렸다.

지진이다. 지진이야. 멀리에서 누군가 짧게 비

명을 질렀다.

19

커튼은 없다.

창문은 있다.

창문만 있다.

나는 벽을 보고 모로 누워 몇 가지 생각을 정리
했다.

벽 너머에서 파도 소리인지 사람들의 웅성거림
인지 들려오는 것 같았다.

커튼 없고, 지진 없고, 마취 없다.

빛은 흩어지고 있다.

흩어지고만 있다.

창문 밖에 어른거리는 저 그림자는 누구의 것

인가.

20

A로 짐작되는 지인과 나는 어두워질 때쯤 공원 벤치에서 만났다.

벤치에 앉아 맥주 한 캔씩 마셨다. 땅콩과 김을 안주로 먹었다.

어수선한 꿈자리였다. 나는 A에게 말했다.

지나치게 많이 자서 그런 것이다. A라 짐작되는 사람이 말했다.

낮에 잠을 줄여. A 같은 사람이 말했고.

비전과 퓨처, 뷰, 영단어가 대화에서 오가기도 했다.

L의 장례식장에 왜 오지 않았어? 내가 A 같은

이에게 물었다.

　갔었어. 내내 거기 있었어. 오지 않은 건 너잖아. A가 대답했다.

　아니. 나도 갔는걸. 내가 말했다.

　아니. 너는 오지 않았어. A가 단언했다.

　아주 어두워지자 공원의 구조물들이 새로운 모습을 드러내기 시작했다.

　벤치에서 누워 잠이 들었던가.

　포기하고 들어가려던 참이었어요. 택시 기사가 말했다.

　내가 믿었던 사람들은 다 날 배신했어. 배신하지 않은 인간들은 죽어나갔지. 때 돼서 죽은 것이니 탓할 일은 아니지. 그런데 돌이켜 생각하면 나보다 먼저 죽는 것도 배신이야.

　택시 기사는 자기가 아는 몇몇 배신자에 대해 이야기하기 시작했다.

내 집이 이리 멀었던가.

멀고 먼 집.

그깟 공원 벤치로 향하기 위해 이리도 멀리 나왔던가.

다 왔어요. 이제 다 왔어. 기사가 혼잣말처럼 말했다.

집에 도착해 이불을 펼치자 편지 봉투가 툭 떨어졌다. 열어 보았을 때 그 안에 어김없이 흙이 들어 있었다.

21

동전을 녹여 동상을 만들겠다, 그런 비전을 가
지고 있었다고 합니다.

네, 압니다.

한복 전시회도 열 계획이었다고 하더군요.

네, 들었습니다.

나뭇가지, 낙엽, 흙을 모으고요.

네.

노인이 내게 말하면 내가 대답했다.

그것들 말고도 시계, 담배, 우표, 볼트, 경첩, 목

화솜, 색색의 원단을 모았고, 비둘기 사체까지 보관했다고 하더군요. 문손잡이들은 모두 빼고 그 자리에 끈을 달아놓고요. 가구들도 마찬가지로 손잡이 대신 끈을 달아놓았다고 합니다. 어디서 새는 물인지 집 안 모든 바닥이 늘 축축했다고 합니다. 물론 전기는 들어오지 않았지요. 그 여자가 집 안 대부분의 전기선을 독단으로 끊고, 또 독단으로 선과 선을 다시 이었다고 하더군요. 무슨 선이 무슨 선과 이어졌을는지는 아마 그 여자도 정확히 알지 못했을 테지요. 아니, 본인은 모든 것을 알고 있다는 강한 확신이 있었을지도 모르겠군요. 젖은 방바닥 위에 솜뭉치들을 깔아놓았다고 합니다. 그 솜뭉치들은 버려진 인형 배에서 꺼낸 것들이라더군요. 그 여자 집 안이 어땠을지 상상이 됩니까?

나는 그 여자의 집을 상상하고 싶지 않았다.

그 여자는 동물 가죽, 동물 털로 된 옷을 입고 생활을 했답니다. 보일러가 얼어서 난방이 되지 않는다는 이유에서요. 그 여자가 입고 있는 것, 그 여자 머리카락 여기저기가 그슬려 있었다고 합니다. 무언가를 태우다가 그리된 거겠지요. 그 여자 눈은 피곤함이, 화가 가득 차 있었다지요.

나는 그 여자 얼굴을 상상하고 싶지 않았다.

노인은 내 왼쪽 귀에 대고 속삭였다.
그 여자가 이사 갔다는 언덕, 언덕에서 내려다 보이는 전망에 대해 노인이 이야기를 시작했고, 테이블이 흔들리고 의자가 흔들렸다.
지진이다. 지진이야. 아득히 비명이 들려왔다.

이 꿈은 언젠가의 꿈과 너무 비슷해.

22

여동생과 나는 엄마의 장례식장에서 만났다.

연락을 해온 것은 여동생이었다.

장례 절차는 여동생이 모두 준비했다.

조문객이 뜸해진 새벽이 되었을 때. 여동생이 대뜸 내게 물었다.

사과는 했어? 엄마한테 사과는 했느냐고. 여동생은 화가 난 얼굴이었다.

내가 엄마에게 사과할 일은 없었다.

아니. 나는 엄마에게 사과하지 않았다.

사과 한마디가 어려웠어? 여동생은 눈을 부릅

떴다.

뭐가 그렇게 잘나서 사과를 안 했어? 여동생은 울음을 터뜨리며 내 멱살을 쥐어 잡았다. 그리고 나를 흔들었다.

너는? 너는 사과했어? 나는 여동생의 손을 뿌리치며 그 아이에게 되물었다. 여동생과 엄마 사이에 사과할 일이 있는지 없는지, 나로서는 알 수 없었지만. 나도 묻고 싶었다. 이 아이는 사과한 것인가.

난 했어. 여동생은 눈물을 거두고 무언가 분하다는 투로 말했다.

이제 와 다 무슨 소용이야. 이제 와서. 나도 갑자기 뭔가 분해지려고 했다.

허기를 채우기 위해 구석에 앉아 육개장을 퍼먹었다.

그릇과 수저가 부딪치는 소리가 크게 들렸다.

남아 있는 조문객들은 목소리를 죽여 말했다.

내가 무언가 놓치지 않았을까?

너는 다 놓쳤지.
장례식장 어디선가 속삭이는 대화가 들려왔다.

요즘은 손발 다 잘려. 손발만 파도에 쓸려 와.
또 다른 대화가 들리기도 했다.

스럽다, 스러워.
대화는 끊겨 들리기도 했다.

붙잡아지던가요? 시간이?

장례식장에서 가끔 웃는 소리가 들리기도 했
다.
어느 순간이 되자 장례식장의 누구도 말하지
않았다.

23

택시 기사들은 종종 내 앞에 택시를 세우고 안
탈 거요? 묻고는 했다.

탑니다. 나는 탔다.
나는 시외버스터미널로 행선지를 밝혔다.
나의 행선지가 어째서 시외버스터미널이 되었
을까.
나는 멀리 가고 싶었다.
멀리에 내 어떤 기분을 두고 와야겠다고.
아직 밤이 아니었고, 아직 낮도 아니었다.
곧 밤이 되고 곧 낮이 될 것이었다.

저기서 세워주십시오. 나는 터미널 앞 횡단보
도에서 내렸다.

곧장 매표소를 향해 걸었다. 행선지가 나열된
벽면을 바라보았다.

매표소 직원은 편의점에서 보았던 여직원보다
더 어려 보였다.

오치안해변의 티켓은 초록색이었다.

버스 안에 승객은 나뿐이었다.

얼마나 걸리나요? 나는 기사에게 물었다.

한 시간 사십 분, 이라고 기사는 내게 알려주었
다.

감사합니다. 나는 인사를 하고 제일 뒷자리로
가 앉았다.

버스에서 내내 잤다.

24

해가 뜰 때까지 프라이드치킨과 소주와 함께였
다.

바닷바람 때문인지 치킨은 쉽게 눅눅해졌다.

나는 바위에 기대어 앉았다.

이런 모래사장에 이런 바위가.

나는 바위와 마주 보기도 했고 또 매만지기도
했다.

소주를 천천히 줄여나갔고, 치킨은 생각 없이
먹었다.

마침내 환하게 밝아질 즈음 나는 알아보았다.

나와 함께한 바위의 표면이 사람의 피부와 흡사
하다는 것을.

나는 그런 표면을 가진 몇몇을 떠올렸다.

누군가.

알아볼 수 있는 표면.

지인의 지인. 지인과 지인들.

지인의 무리. 무리 속에서 알아보게 되는 지인.

멀리에 높은 파도가 보이고. 저건 파도가 아니
라 벽이던가.

회색과 파란색이 저렇게 계속 서 있는 걸 보면.

저건 벽이고, 내가 빌리기로 한 것일까.

물 위에 벽이 왜.

나에게 벽을 빌려준다던 그 남자는 긴 혀를 입
안에 칭칭 감아 숨겨넣고 있었는데.

아아.

해가 뜨는 장면은 언제 지나간 것일까.

해는 내 뒤에서 뜬 것 같았다.

내 뒤에서는 언제나 많은 일이 벌어지고.

벌어지는 일들을 내가 다 알 수는 없었다.

왜 나는 내 앞에서 해가 뜰 것이라고 확신했을까.

날이 밝았지만 아직 모래사장을 걷는 사람은 없었다.

나는 무어라도 만들어볼 요량으로 앉은 자리에서 모래를 그러모아 뭉쳤다.

얼마 지나지 않아 크고 작게 뭉쳐진 모래 뭉텅이, 뭉텅이가 내 주위에 여럿 만들어졌다.

내가 만든 것은 성벽이 있는 성이었다.

성벽 옆에 개집을 지었다. 개집이라 생각되는 모래 뭉텅이는 성보다 작게 만들었다. 작음으로 개집을 표현하고. 그러는 사이 파도가 내 앞에 가까워졌다. 잘린 손발이 파도에 쓸려 오지는 않았다. 잘린 손발, 그런 말을 왜 기억해야 하는지. 나는 자르고 싶었다, 내 기억과 내 긴 허리띠. 허리띠는 허리에만 매야지 목에 매면 안 된다, 언젠가 엄마가 내게 했던 충고가 떠오르기도 했다.

바지에는 앞뒤가 있단다, 엄마가 나에게 그렇게 말해주었는데.

바지에도 앞뒤가 있는데. 엄마는 혀를 찼다.

걸었다. 모래사장에서 모래사장으로.

25

내가 들어간 모텔 방 안에는 선풍기가 있었다.

선풍기가 있는 모텔은 너무 오랜만이야. 나는 선풍기가 반가웠다.

나는 모든 것을 잊고 선풍기 앞에 앉아 선풍기를 쳐다보고 선풍기를 매만지고, 선풍기에 대해서만 생각했다.

버튼이 크고 심플하다.

초록색 반투명 날개가 마음에 든다.

오래된 것인가. 오래된 것이다.

아주 잠깐 선풍기 옆에 누워 잠들었을 뿐이었

는데 곧 퇴실해야 할 시간이었다.

잠을 더 자고 싶지만 나는 이 방을 떠나야 했다.

여기서 나가면 갈 곳이 없는 사람처럼 초조해지기도 했다.

술이 취하지도, 깨지도 않는 대낮이었다.

대낮부터 폭죽 터지는 소리가 들려왔다. 창밖에서 연거푸 터지고 있었다. 한낮이라 불꽃은 보이지 않았다.

이 바닥은 진짜 상종할 인간이 없다. A에게서 문자메시지가 도착했다.

이 바닥은, 진짜, 상종. 나는 천천히 메시지를 읽었다.

난 멀리에 왔어. A에게 답장을 보내었다.

멀리 가봤자. 의심이 담긴 답장을 받았다.

나는 303호를 떠나기 전에 벽에 걸린 거울을 한번 봤다.

거울에 내 것이 아닌 것이 있었다.

저 손자국은 내 것이 아니다. 303호에서 마지막으로 한 생각이었다.

26

510721.

나는 엄마의 생년월일을 기억하고 있었다.

엄마의 집으로 가는 길에.

길 가운데로 걷지 마라. 엄마가 내 뒤에서 걸으며 말했었던 것을 떠올렸다.

길 가운데는 위험하다. 엄마가 말하던 세상의 갖은 위험들.

고개를 저어보고.

엄마 집 현관의 비밀번호는 엄마의 생년월일이

었다.

왜 나는 엄마에게 사과하지 않았을까.
왜 엄마는 나에게 사과하지 않았을까.

너도 여자를 만나야지, 엄마가 나에게 그렇게
말했던 적 있었다.
엄마, 나도 여자를 가끔 만나요, 이렇게 대답해
야 했을까.

엄마가 살던 빌라의 현관문을 열자 집 안은 온
통 환했다. 이렇게 밝은 집이었던가. 거실로 들이
치는 해가 눈이 부셨다.
내가 먼저 대강 엄마의 물건을 정리하고 그다
음 여동생이 찾아와 한 번 더 정리하기로 했다.
나는 큰 물건들만 분류하여 박스에 담고 테이핑
하면 되었다. 내가 미처 버리지 못한 것, 챙기지
못한 자잘한 것들을 여동생이 정리하기로 했다.
나는 제일 먼저 안방으로 들어가 장롱을 열었
다. 향냄새가 배인 것들이 들어 있었다. 이불과

요와 베개, 담요와 실타래, 용도를 알 수 없는 천, 한복. 한복은 왜 이리 많이 모아놓은 것인지. 나는 다 꺼내었다.

서랍장의 서랍 속에는 손톱깎이, 실과 실패, 캐러멜, 오래된 신분증과 각종 카드, 명함, 영수증 뭉치와 성냥이 한데 섞여 있었다. 무엇을 버리고 무엇을 버리지 말아야 할지.

바로 옆 조금 더 깊은 서랍을 열었다. 거기에는 각티슈만 한 종이 박스가 있었다. 통장이 담겨 있지 않을지, 나는 그런 생각을 하며 박스를 서랍 밖으로 꺼내었다. 열어보니 그 안에는 편지봉투들이 가득했다. 편지봉투 안을 열자 흙과 낙엽이 후드득 떨어졌다.

나는 거실로 다시 나와 냉장고를 열었다. 김치만 가득했다. 큰 통으로 세 개, 그리고 작은 반찬통에도 김치가 담겨 있었다. 나는 차례대로 꺼내었다.

재활용할 수 있는 것과 아주 버릴 것을 분리했다. 한 시간 정도, 집기 안의 내용물들을 비워내고, 봉투에 담는 일을 했다. 목이 말라 개수대 수도꼭지에 입을 대고 물을 마셨다.

화장실 문을 열자 짙은 향냄새가 풍겼다. 녹아내린 촛농이 타일 바닥 곳곳에 굳어 있었다. 바닥에 깔린 타일은 남색에 가까운 파랑이었다. 기가 질리는 색이었다. 화장실 바닥 곳곳에 흰색 초가 세워져 있었다. 사기그릇 세 개에 물이 담겨 있었다. 사기그릇은 작은 상 위에 얹어져 있었다. 그리고 욕조 안의 팥은 흘러넘칠 것처럼 가득했다. 그동안 방바닥에 흩뿌렸던 팥들을 모두 모아 욕조에 담은 것 같았다.

엄마는 이 화장실 안에서 귀신을 달래고 싶었던 것인지, 이기고 싶었던 것인지. 이미 죽은 귀신을 한 번 더 죽이고자 했을지도 모르겠다.

나는 저 팥을 다 어떻게 옮겨야 할지를 고민했다. 별안간 송곳이 어깨뼈를 찌르는 것처럼 아파왔다. 오늘은 이만 집으로 돌아가야 할 것 같았다.

나는 아직 화장실 안에 있었고, 밖에서 벨 소리

가 들려왔다.

이 집 안에서 울리는 벨 소리였다.

이 집에 전화기가 있었던가.

나는 소리가 나는 쪽으로 걸었다.

전화를 받아야 할지, 잠깐 고민했다.

여동생에게서 걸려온 것이었다.

왜 핸드폰으로 걸지 않고? 나는 여동생에게 물었다.

한번 걸어봤어. 여동생이 대답했다.

갑자기 어깨가 아프다고, 나는 동생에게 말했다.

욕조 안에 들어가봐. 거기 팥 많이 있지 않아? 여동생이 내게 말했다.

아아, 너는 알고 있었어? 여동생이 나보다 엄마와 더 가까이 지낸 것은 맞았다.

욕조 안에 들어가면 어깨가 나아지는 건가? 나는 여동생에게 물었다.

그건 나도 모르지. 여동생은 심드렁하게 대답했다.

이번 주말까지 집 비운다고 했어. 치우는 데까

지 다 치우고 나와. 여동생은 덧붙였다.

　나는 알겠다, 대답했다.

　너 이 세상에서 제일 뜨거운 과일 알아? 내가
여동생에게 물었다.

　무슨 소리야? 여동생이 되물었다.

　엄마가 그걸 가져오라고 했었어. 내가 말했다.

　난 처음 듣는 소리네. 여동생은 처음 듣는 소리
였고.

　그게 뭘까? 내가 또 물었다.

　몰라. 진짜. 여동생은 진짜 모른다고 대답했다.

　해가 지고 밖은 캄캄해졌다.

　창밖에서 폭죽이 터지는 소리가 들려왔다.

27

끓는 물에 넣어 끓이면 어떤 과일이든 뜨거워
질 수 있는데.

내가 너무 어렵게 생각한 걸까.

그렇지만 뜨거운 물에 푹 익어 물러터진 과일
을 과일이라 할 수 있을까.

잼. 수프. 나는 그런 걸쭉한 것들을 떠올렸다.

요양원에서 온 짐은 박스 두 개였다.

여동생과 나, 둘 중 내 집으로 박스가 온 것은,
엄마의 요양원 입소 절차에서부터 그렇게 정해진
것이었다.

한낮에 배달된 박스 두 개는 깨끗하게 테이핑
되어 있었다.

바로 버리려다가 해가 드는 곳으로 옮겨두었
다.

안에 뭐가 들었는지 박스 귀퉁이가 젖어 있었
다.

엄마의 집에서 시작된 어깨 통증은 사라지지
않았고.

또 정형외과에 가야 하는 것인지, 생각했다.

28

여유 되면 나와. 나는 여자에게 메시지를 보내
었다.

나는 답장을 기다리기로 했다.

그래서 성욕이 영어로 뭐였는지.

영어가 성욕으로 뭐였는지.

영어는 성욕의 또 다른 발현이라고.

내 앞에 얕은 물이 흐르고 있었다.

물은 흐르지만 아직 다 녹지는 않았다.

나는 돌 위에 앉아 맥주를 마시고 있었다.

그런데 이건 어쩌면 진짜 돌이 아닌지도 모르

겠다고. 앉은 자리에서 일어나 방금까지 앉아 있었던 그곳, 그것을 내려다보았다. 더 가까이 고개 숙였다. 얼굴이 뚝 떨어질 것처럼 무거웠다. 흐르는 물소리가 크게 들렸다. 내가 보는 것은 시멘트 덩어리인 것 같았다.

시멘트 덩어리는 돌이 아니다. 돌은 처음부터 돌이어야지.

처음이라니. 처음에 대해 생각해야 했는데.

생각이란 게 잘 안 됐다. 추위 때문인지.

맥주를 한 캔 두 캔 비우고, 빈 캔을 찌그러뜨렸다. 찌그러진 것들은 검정 비닐봉투에 넣었다. 밤이 될 때까지 한자리에 앉아 물 냄새를 맡았다. 먼지 같은 작은 벌레들이 눈앞에서 날렸다. 어두움 속에서 목줄을 달고 걷는 흰 개가 밝게 빛나 보였다.

저 개는 낯이 익다.

저 개의 이름을 알 것도 같다.

저 개를 끄는 사람은 없다.

저 개는 목줄을 끌면서 걷는다. 개의 목줄은 은색으로 반짝이고,

저 개는 희고, 긴 털에서 윤기가 흐르는데.

저 개를 따라가면. 뭐가 나오려나 끝내.

끝이 나긴 할까.

버드나무 가지가 흔들리는 소리를 들었다. 버드나무 가지가 아니더라도, 흔들리는 소리였다. 그런 소리까지 들을 수 있다니. 그런 귀를 달고 있다니. 귀귀귀귀. 그런 소리로 웃는 사람은 아직 만나지 못했다. 만나고 싶은 사람이 없었다. 나는 내가 외롭다는 것을 안다. 멀리서 지하철이 지나가는 소리가 들려왔다.

여기는 지하가 아닌데 왜 들리지?

왜 들려?

언제였을까. 한 남자가 나에게 다가왔다.

지금 참고 있는 게 뭐예요? 말해봐요. 말하고 나면 후련해질 텐데요. 남자가 내 팔을 붙들고 말했다.

나는 아무 말도 못 했다. 후련해지지 못했다.

드세요. 내가 가지고 있던 캔맥주를 남자에게

건네었다.

저는 맥주는 마시지 않습니다. 남자는 그렇게 대답하면서 나를 아래위로 훑어보았다. 그 남자 얼굴이 화가 난 것도 같아서, 죄송합니다, 나는 말했다.

남자가 떠나고 천변에는 개를 끄는 사람도, 사람을 끄는 개도 없었다.

내가 사라질 차례인가?

왜 기어이 밤을 샜을까?

아직 밤일까.

나는 편의점으로 가기 위해 자리에서 일어섰다.

그래서 어떤 과일이 가장 뜨거운 것일까.

두 손으로 두 귀를 막았다. 두 귀와 두 손이 다 컴컴했다.

천천히 고개를 저어보기도 하고.

편의점이 나올 때까지 육교와 주유소와 보도블록, 보도블록, 나무, 나무, 나무, 골목을 지났다.

내 머리 위에 계속 달이 있었다. 달이 유난히

크고 진해서 곧 눈이 올지도 모르겠다고 생각했다. 그러나 왜. 달이 작아도, 흐리거나 보이지 않는 날에도 눈이 내릴 수 있고, 달에 대한 해석은 내 기분이었다. 나는 눈이 내리기를 기대했는지도 모르겠다. 추워서 움츠러들었다. 내 바지는 너무나 얇고. 언제부터 이렇게 얇았을까. 가장 가까운 편의점으로 갈 생각이었는데 벽 앞에 멈추었다. 벽에서 산송장, 그런 낙서를 보았다. 래커는 빨간색이었다. 산송장이 쓰인, 산송장만 빨간, 벽은 높았다. 벽은 허물어진 건물의 한 면이었다. 건물은 허물어지다 멈춘 것 같았다. 건물 주인은 어디로 사라진 것인지. 벽이 남았고 건물과 토지의 주인을 찾는다는 현수막이 길게 그 벽 앞에 배치되어 있었다. 현수막 옆에 큰 나무가 미친 사람처럼 서 있었다.

나무는 미치지 않아. 미치지 않지.

벽 옆의 커다란 나무를 올려다보았다.

가지가 무성하고, 추워졌는데 떨어지지 않는 잎들.

버드나무 가지를 꺾으면 저주 속에 살게 된다

는데.

나는 저 버드나무 가지를 꺾은 적이 없는데.

저주란 극적이지만 모든 저주가 그런 것은 아니었다.

바람이 축축했다. 겨울비는 바닥에서 얼고.

머리가 무거웠다.

머리가 없었더라면.

끌고 다니는 내 두 다리가 무거웠다. 몸 이곳저곳, 아무리 더듬어도 다리가 어디에서부터 시작되는지 알 수 없었다. 엉덩이에서부터일까, 정수리? 발바닥에서부터? 땅에서부터? 발 딛는 곳마다 시작일까? 시작하기 시작했습니다. 두 다리가 땅에서 솟아나 다리 위에서 몸통이 싹트고 머리는 없는 것 같았다. 머리가 시작되지 않았더라면. 하늘에서부터 내가 내려와 쌓인다는 상상. 발바닥이 만들어지고 그다음 정강이가 그다음 무릎이 차곡차곡 쌓여 목까지 만들어진 나는 걷겠지.

걸었다.

너무 좁고, 너무 가파른 길로 들어서,

걷는 동안 균형을 잃을 것 같았다. 꼬꾸라져도

상관은 없는데.

그건 나쁜 습관이야.

넘어지는 것도 습관이 된다고.

그만 나빠야지.

다리에 힘주고 걸어야지.

그런데 아무래도 이 골목은 낯설다.

하지만 걷다 보면 끝내 큰길이 바다처럼 나오지 않을까.

큰길이 바다처럼, 웬 희망인지. 웃겨서 웃으면서 걸었다.

누구라도 내 앞에 나타나 혀를 내밀고 덜렁거려도 이상하지 않을 것 같았다.

폭죽과 무덤 사이, 욕망과 생각 사이

김대산

해석의 방향을 일단 밝혀두자.

우리는 김엄지의 이 소설을 '우리'(그러니까 자연적-정신적 진화 과정 속에서 변형되어가고 있는 인간들과 비-인간들)가 현재 처해 있는 외적-내적 생활(삶)의 갈등을 '현실과 비-현실이 겹쳐지는 현실 인식'을 통해서 보여주는 이야기로 읽을 수 있다고 생각하고, 또 그렇게 읽고 싶다. 그런데 그러자면, 우리는 이 소설의 모호한 이미지와 비유적 표현들로부터 과감하게 그 의미를 강화시키고 증폭시키는 해석을 이끌어내야 한다. 그렇기에 먼저 이 소설의 제목이 함축하고 있는 바를 말하자면, 우리에게 "폭죽"은 '삶의 이미지'와 '(어쩌면 허무할지도 모를) 욕망의 이미지'로 나타나며, "무덤"은 '죽음의 이미지'와 '(어쩌면 지루할지도 모를) 생각의 이미지'로 나타나기에, "폭죽무덤"이란 '삶과 죽음, 욕망과 생각이라는 기이한 이율배반적 대립성들의 불안하고 고통스러운 동거'를 의미한다(물론 여기서 '생각'과 '죽음'을 연관시키는 일은 어떤 인식론적 해명을 요구하고 있으며, 그 요구에는 '살아 있거나 살아나고 있는 생각'과 '죽어 있거나 죽어가고 있는 생각'이 있을 수 있다는 가능성이 함축되어 있다). 이러한 해석은 이 소설이 "추위와 더위" 혹은 '차가움(한기 혹은 냉기)과 뜨거움(온기 혹은 열기)'에 대한 의식을 반복적으로 환기시켜준다는 점에 의해 뒷받침될 수 있다. 다시 말해서 '폭죽, 삶, 욕망'은 '뜨거움의 계열'에 속하며, 반대로 '무덤, 죽음, 생각'은 '차가움의 계열'에 속한다. 물론 이 계열들, 혹은 오히려 '방향성이나 경향성'들은 확고하게 고정되고 분리될 수 없으며, 은밀하게 상호침투하거나 비밀스럽고도 혼란스럽게 내통할 수

있다. 그렇지만 그 두 대립적 경향성들의 흐름이
고체적으로("입자"적으로), 비생산적으로 분리,
분열되거나 '부정적인 덩어리'로 결합되었을 때
생겨나는 '불만(족)의 현실'이 일반적인 자연적-
사회적 인간이 처해 있는 실존적 존재의 형태라
는 것을 받아들이는 일이 김엄지의 이 소설을 읽
을 수 있는 기본적 조건이라고, 우리는 생각한다.

　이렇게 설정한 해석의 방향 속에서, 이제 이 소
설이 반복적으로 이야기하는 '벽의 이미지'에 주
목해보자. "벽을 만들고 벽을 관리하고 벽을 대
여"(11쪽)한다는 것은 무엇을 의미하며, 그런 일
을 하는 "남자"는 누구이며, 그에게 벽을 빌리는
생각을 하거나 꿈을 꾸는 "나"는 누구이며, 그 둘
혹은 (벽까지 포함하여) 그 셋은 어떤 관계 속에
있는 것인가?

　벽은 보통 돌로 만들어진다. 어떤 조립된 사물
을 구성하는 모든 개개의 구성물들, 조립 가능한
부품들은 '벽돌, 즉 고체적, 원자적, 입자적 단위,
혹은 조립을 위한 블록building block'으로 간주
될 수 있다(살아 있는 유기체의 경우에는 '세포'

'DNA' '유전자' 같은 것이 그러한 블록으로 간주될 수도 있을 것이다). 그러한 연관 속에서 '벽(돌)'은 '무생물적이고 광물적이고 고체적이고 원자적(즉 더 이상 쪼갤 수 없는 개별적 단위)인 고립적-개별적 존재들의 집적체로서 고정된 구성물'로 나타난다. 그리고 그렇게 이해된 '벽(돌)'은 상호 침투 혹은 상호 소통의 흐름을 불가능하게 하는 방해물이나 장애물일 수도 있고, 그러한 흐름의 일시적 통제를 가능하게 하는 일종의 '댐'과 같은 기능을 하는 유용한 사물일 수도 있다. 물론 그러한 '벽의 이미지'는 한 장소에 고정된 어떤 건축물의 벽에만 한정시켜 생각될 수 없다. 그 '벽의 이미지'는 우리의 '몸'과 '의식'과 함께 다닌다. 그것은 우리의 몸과 의식의 한 부분이다. 우리의 한 부분으로서의 그 '고체적-광물적-입자적 벽의 이미지'는 자연스럽게 '물리적 기계처럼 파악되는 몸과 의식의 이미지'와 연관된다(이 소설에서 읽을 수 있는 "벽"과 "기계" 혹은 "자동기계"와 "입자"라는 낱말을 우리는 그렇게 연관시킨다). 그런데 여기서 중요한 것은 그러한 '벽의 이미지'에 의해 '의식적-무의식적'으로 사로잡혀 있는 '나' 혹은 '자아ego'이다.

이 소설에 등장하는 "나"는 애매모호한 벽의 이미지에 사로잡혀 있는 자아, 그 "이미지에 지배된 사람"(37쪽)이며, 또한 그 "꿈"같은 이미지의 의미가 명석판명하게 드러나지 않고 있는 한에서, 그때 벽(돌)은 어느 정도는 의식된 것이면서 또한 어느 정도는 의식되지 못한 것이며, 그래서 그 것은 '소유한 것' 혹은 '나의 것'처럼도 보이고 '빌린 것' 혹은 '남의 것'처럼도 보이는, 좋은 것 같기도 하고 싫은 것 같기도 한 역설적 대상으로 생각된다. 우리는 다음의 인용문에서 그러한 '물리적-고체적-광물적-입자적-기계적 몸과 의식의 이미지'가 어떤 혼란스러운 생각과 욕망을 불러일으키는지 볼 수 있다.

일단 나는 내가 빌릴 그 벽을 훼손시킬 궁리를 했다. 스트레스를 풀고 싶고.

스트레스가 풀릴까. 벽을 부수다 내 몸이 부서져. 그러면 풀릴까.

해머 같은 게 필요하지 않을까.

벽을 가장 괴롭힐 수 있는 방법. 뭘까, 뭐가 필요할까.

벽을 가장 사랑하는 방법, 그건 도무지 모르겠으니. (11-12쪽)

벽(돌)을 괴롭히는 게 가능한가? 가능하다면, 어떤 방식으로 가능한가? 진지하게 묻자. 혹, 우리가 벽(돌)을 괴롭힌다고 생각하면서 해머로 내려쳐 그것을 쪼개거나 해체시킬 때, 벽(돌)에게는 그것이 즐거운 일이 될 수도 있지 않을까? 여기서, 괴롭지도 않고 즐겁지도 않다는 대답은 우리의 물음이 연루된 맥락을 무시하는 답변이기에 고려하지 않는다. 우리의 답변은 1. 괴롭기만 하거나 2. 즐겁기만 하거나 3. 괴롭기도 하고 즐겁기도 하다는 세 가지 경우에 한정된다. 물론 이 셋 중에 어느 것이 '진정한 벽(돌)의 대답'인지 우리는 아직까지 확신할 수 없다. 어떻든 간에, 만일 우리가 벽(돌)을 괴롭히기 위해 선택한 방법이 우리의 착각이나 무지에 기초한 방법이었다

면, 사실 그것은 사랑하는 방법을 전적으로 배제
한 채 괴롭힐 수 있는 방법이 아니었다. 다르게
말하자면, 의식적으로 괴롭히면서 무의식적으로
는 사랑했거나, 혹은 의식적 생각이나 느낌을 통
해서는 미워하면서 무의식적 느낌이나 욕망을 통
해서는 사랑했다.

그러므로 "나" 혹은 자아는 '하나인 전체'가 아
니고 분열되고 쪼개져 있다. "나"는 '남'처럼 보이
는 '나의 분신'을 언제 어디서든 마주칠 수 있다.
이 소설이 말하듯이, "낯이 익고 수상한" "모두의
얼굴"(29쪽)처럼 보이는 이중적, 다중적 분신 혹
은 그림자. 벽을 대여하고 대여받는 자들의 관계,
벽(돌)의 이미지에 연루된 자들의 관계는 전적으
로 서로를 배제하는 나와 남의 관계가 아니라 나
와 분신의 관계다. 그런데 그렇다면 '벽(돌)의 이
미지에 지배당한 사람, 분열된 자아, 해체되고 조
립될 수 있는 파편화된 기계의 관점에서 파악된
자아에게 의식되는 생각(선입견에 기초한 추론적
판단으로서의 생각)의 오류와 착각과 무지'의 이
유는 무엇인가? 여기서 우리는 얼음과 물의 이미

지를 함께 떠올리고 싶다. 벽(돌) 혹은 얼음, 그러니까 고체성의 이미지에 지배당하는 소설의 주인공('우리'이기도 한 '자아')이 보여주는 욕망 또한 그것이다.

  천변에 물은 흐르지 않았다. 나는 움직이는 물을 보고 싶었던 것인데.
  언제 이렇게 다 얼었는지. (24쪽)

  벽(돌) 혹은 얼음의 이미지에 지배당하는 우리는, 말하자면, 언제 어디서나 얼음(고체-입자)만을 감각하거나 얼음만을 생각하며 그 스스로마저도 차갑고 단단한 고체성의 이미지와 동일시된 자들이다("[……] 저는 단단해요. 찌그러지지 않아요."[74쪽]). 따라서, 역설적으로, 우리는 벽(돌), 혹은 얼음, 혹은 차라리 '물리적 몸physical body 혹은 물체 혹은 신체'의 고체성이나 입자성이 진정 무엇인지 모른다! 왜냐하면 우리는 마치 물(액체성) 없는 얼음(고체성)이 가능하거나 물보다 얼음이 '먼저("처음")'이기라도 한 것처럼 판단하며, 그러한 판단(앞선-판단 혹은 선입견)을 통해 '고체성과 비-고체성의 본질적 관계성'을 무시하며, 고체성을 '자립적 실체'처럼 고립시키면서 그것의 '관계적 본질'을 망각하고 있기 때문이다. 물론 얼음 혹은 고체 혹은 '무생물적이고 불연속적인 파편적 입자particle(혹은 그러한 입자들의 집합적 덩어리)'가 물 혹은 액체 혹은 '생물적이고 연속적인 흐름'에 앞서 "처음"부터 존재했고, 연속적 흐름이란 불연속적 단절들(원자적 입자들)로 구성된 것이라고 보는 물리학적인 이론이 있을 수 있다(가령 하이젠베르크가 '태초에 입자가 있었다'고 말했던가). 하지만 '우리의 생각과 욕망'이 '물리적 차원'에만 한정될 수 없으며, 오히려 '비-물리적 차원에서 일어나는 사건'일 수 있다면? 그렇다면, 무생물적 고체 혹은 파편적 입자가 생물적 액체 혹은 전체적 흐름에 앞선다고 가설적으로 이론화하는 방식으로 물리적 몸이 비-물리적 몸 혹은 생 혹은 욕망과 생각에 앞선다고 이론화하는 일은 마치 치즈가 살아 있는 젖소로부터 나온 우유에 앞선다고 이론화하는 것과 유사하지 않은가? 물론 물과 얼음의 관계는 우유와 치즈의 관계와 다르고, 액체든 고체든 생물이든 무생물이든 다 물리적 사물이거나 궁극적으로 미시적인 물리적 입자로 환원될 수 있다는 반론이 있을 수 있다. 하지만 그러한 원자론적-유물론적 환원을 통해 우리는 진정 "처음에 대해 생각"(137쪽)하고 있는 것인가?

여기서의 관점은 이것이다. 물을 그것을 구성하고 있는 입자들로 환원시키는 일, 혹은 살아 있는 몸을 그것을 구성하고 있는 물리적 성분들로 환원시키는 일, 혹은 생각이나 욕망이나 의식을 그것의 물리적 토대가 되는 신체 기관으로 환원시키는 일은 물을 물로서, 액체를 액체로서, 혹은 생명을 생명으로서, 혹은 욕망을 욕망으로서, 혹은 생각을 생각으로서 경험하는 일이 아니며, 그런 한에서, 우리는 '비-고체적이고 비-입자적인 몸으로서의 물 혹은 액체에 대한 무지와 착각' 속에 있다. 따라서 '물 그 자체로 경험될 수 있는 물 혹은 액체성'은 사실 물리적 차원에 한정될 수 없는 '비-물리적 신체성'으로 '생각'될 수도 있을 것이다. 하지만 그러한 생각 혹은 생각의 욕망을 실현시키는 일의 어려움은 이 소설의 다음 대목에서도 암시된다.

    끓는 물에 넣어 끓이면 어떤 과일이든 뜨거워질 수 있는데.
    내가 너무 어렵게 생각한 걸까.
    그렇지만 뜨거운 물에 푹 익어 물러터진 과일을 과일이라 할 수 있을까.
    잼. 수프. 나는 그런 걸쭉한 것들을 떠올렸다.

(134쪽)

여기서 단단하거나 차가운 벽이나 얼음의 이미지는 '뜨거운 과일'이라는 이미지로 대체되었다. 그런데 이 경우야말로 고체성이 액체성보다 '먼저'라는 생각이 입증되는 적절한 사례인 것처럼 보인다. 이를테면 우유(액체)가 치즈(고체)보다 '먼저'인 것과 달리, 사과(고체)가 사과잼(액체)보다 '먼저'다(또한 치즈가 치즈 수프보다 먼저다). 그렇다면 '먼저'와 '나중' 혹은 '처음'(발생,

생성)과 '끝'(완료, 소멸)의 관계는 어떤 사례를 범례로 선택하느냐에 따라 그때그때 다른 것인가? 그렇지 않다. 중요한 것은 진정한 '대표적 범례'에 따라 "순서"에 맞게 "생각"하는 일이다.

　　순서는 중요하다.
　　하지만 중요한 것은 순서뿐만이 아니다.
　　중요한 것은 네가 무슨 생각을 가지고 사느냐.
　　네 뇌의 주인이 정말 네가 맞느냐, 하는 것이다.
　　아들아, 넌 정말 네 머리의 주인이 맞니? 엄마는
　　내게 종종 나의 주인을 묻고는 했다. (46쪽)

여기서 엄마와 아들이 어떤 상황 속에 있건 간에, 그 둘 모두에게 중요한 것은 "순서"에 맞는 "나"의 "생각"이다. 우리에게 고체성과의 본질적 관계성을 함축하는 자연적 액체성의 대표적 범례는 잼이나 수프나 우유 등이 아니라 그것들 전부 속에 함축되어 있는 물로 나타난다. 고체적인 것, 입자적인 것, 파편적인 것들의 덩어리(여하튼 '물덩어리'는 아닌 덩어리)를 "처음"에 놓고 그로부

터 액체적인 것을 구성하는 순서를 따르면 우리
는 진정한 물에 이를 수 없는 것 같다. 따라서 "순
서"에 맞는 "생각"은 '전체적이고 연속적인 물'이
'먼저'고 "처음"이라는 "생각"일 것이다. 그러한 생
각의 순서에 따르면, 자연적인 '고체성의 범례' 즉
'액체성과의 본질적 관계성 속에 있는 고체'도 생
각될 수 있다. 그것은 아마도 '바닷물'로부터 생성
될 수 있는 '하얗거나 투명한 소금'일 것이다(혹
은 대기 중에서 생성된 '구름'과 '눈' 또한 유사하
게 생각될 수 있다). 여기서 액체는 잠재적, 가능
적 고체로 생각될 수 있으며, 고체 또한 잠재적,
가능적 액체로 생각될 수 있다. 그런데 만일 여
기서, 결정적으로, '고체적 생각'이 그러한 '소금'
같은 것이라면? '어떤 바닷물 같은 상태(가령, 융
C. G. Jung의 방식으로 말하자면, 집단 무의식적
상태)에서 떨어져 나와 일시적으로 고립된 소금
물로서, 감성적 욕망의 열기 같은 것에 의한 증발
과 지성적(오성적) 냉기 같은 것을 통해 결정화
된 것'이라면? 그리고 만일 그 '개체적 의식을 가
진 소금(?)' 혹은, 말하자면, 어떤 '비-물리적 소

금(!)'이, 물리적 소금과는 달리, 그 '개체적 의식
의 형태'를 잃지 않으면서 '죽음 혹은 용해'를 경
험할 수 있다면? 불완전한 유비의 불충분성에도
불구하고, 그 경우 다음과 같은 생각이 가능하지
않을 것인가?

사람은 죽어서도 계속 사람일 것이라는 그 생
각. 단지 투명해질 뿐이고 투명하지 않다면 거의
투명한 채로 흐물흐물한 경계를 가끔 볼 수 있는.
산 사람과는 다른 온도와 무게를 가진. (58쪽)

우리는 여기서 지금까지 행한 불충분한 유비
적 해석의 한계에 도달한 것 같다. 그럼에도 불
구하고 이 소설이 보여주는 "산 사람"과 "죽은 사
람"의 "경계"(혹은 물리적 세계와 비-물리적 세계
의 경계)가 모호하다는 사실을 마지막으로 강조
하고 싶다. 어떤 의미에서 산 사람은 죽은 사람의
생각 속에서 죽어가고 있으며, 죽은 사람은 산 사
람의 욕망 속에서 살아가고 있다. 그렇게 삶과 죽
음, 욕망과 생각은 어떤 개선을 요구하는 불편한

동거 속에 있다. 우리 안에서, 생각이 차갑고 생기 없는 "무덤" 같은 것으로만 남아 있고, 욕망이 뜨겁게 폭발한 뒤 덧없이 사그라지는 "폭죽" 같은 것으로만 남아 있는 한에서, 우리는 생각 혹은 죽음의 과정과 욕망 혹은 삶의 과정의 상호 침투를 통한 인간 존재의 긍정적 변형의 가능성을 '의식적'으로 생각할 수도, 욕망할 수도 없을 것이다. 그러한 긍정적 가능성을, 생각은 욕망할 수 있는가? 욕망은 생각할 수 있는가? 김엄지의 『폭죽무덤』으로부터 떠오르는 물음은 희비극적 인간 존재들이 아직 제대로 의식하지 못하고 있는 잠재적인 긍정적 가능성을 향한 '생각의 욕망' 혹은 '욕망의 생각'에 대한 물음이다.

작년 3월 삼척에 갔다.

교가리에서 느티나무 둘레를 걸었다.

느티나무에서 해변까지 또 걸었다.

해변 어느 구석에서 모래 무더기를 보았다.

긴 폭죽 몇 개가 꽂혀 있었다.

신비로운 모습은 아니었다.

모래바람이 불고 해가 따가웠다.

폭죽무덤이라는 제목에 대해서.

확신에 차보기도 하고 부담을 느끼기도 했었다.

지금은 단순한 마음이 되었다.

요즘 나는 전반적으로 생각이 줄어들었다.

그래서 행복하다고 할 수 있다.

폭죽무덤

지은이 김엄지
펴낸이 김영정

초판 1쇄 펴낸날 2020년 2월 25일
초판 2쇄 펴낸날 2020년 7월 30일

펴낸곳 (주) 현대문학
등록번호 제1-452호
주소 06532 서울시 서초구 신반포로 321(잠원동, 미래엔)
전화 02-2017-0280
팩스 02-516-5433
홈페이지 www.hdmh.co.kr

ISBN 978-89-7275-154-0 04810
      978-89-7275-889-1 (세트)

* 책값은 뒤표지에 있습니다.
* 이 도서의 국립중앙도서관 출판예정도서목록(CIP)은 서지정보유통지
  원시스템 홈페이지(http://seoji.nl.go.kr)와 국가자료공동목록시스템
  (http://kolis-net.nl.go.kr)에서 이용하실 수 있습니다.
  (CIP제어번호: CIP2020006367)